不敢康

李裴

“不敢康”，众口传诵、黑字白纸记载，已有两三千年的历史。这三个字，时间并未将其湮灭，而是在纸砚中愈发耀眼。放在当今，在的人，其警策的力量也是深厚而强大的，这是一种“要求”，更是一种人类社会生生不息的营养和良药。释其义，并不复杂，不外乎“不敢安”之意；而当年提炼出这个概念，我相信是费了大功夫的，当然也有“时代”氛应是与此地此民长期的习俗、习惯和素养相关。

“不敢康”句出《周颂·昊天有成命》：昊天有成命，二后受之。成王不敢康。夙夜基命宥密。於缉熙！单厥心，肆其靖之。这是一首祭祀叙述了周初三王对周王朝作出的贡献，重点赞扬了周成王为完成先王事业的努力。成王是西周第二代天子，声望仅次于文、武二王，与其子康王齐“成康之治”。《史记·周本纪》曰：“成康之际，天下安宁，刑措四十余年。”天下之所以安宁，正是因为成王不敢康——“夙夜基命宥密”，朝政教以安民，宽仁宁静，一心敬业。这是历史经验总结，也是对为政者的严格要

这也是中国第一部诗歌总集《诗经》中的一首诗，全诗一章，是《诗经》中最短的篇章之一，但诗题却是《诗经》中最长的。此诗，无韵成诗。《诗经》收集了西周初年至春秋中叶（前十一世纪至前六世歌，共311篇，反映了周初至周晚期约五百年间的社会面貌，在内容上雅》《颂》三个部分。《颂》是周王庭和贵族宗庙祭祀的乐歌，《诗颂者，美盛德之形容，以其成功告于神明者也。”这里的天下情怀，民

著者简介

李裴，笔名裴戈，贵州绥阳人，1975年7月参加工作，中共党员，曾任中共贵州省委副秘书长、省委政研室主任、省委改革办主任、省社科联主席，是中国作家协会会员。从20世纪80年代以来，已在《人民日报》《求是》《光明日报》《文艺理论研究》《文艺评论》《当代文坛》《上海文论》《批评家》《贵州日报》《当代贵州》等国家和省级数十家报纸杂志发表理论、散文、诗歌、评论等各类作品500余件，出版有《小说结构与审美》《痕迹的颜色》《酒文化片羽》《美·有灵犀》和《调查研究十七谈》等个人专著并获省哲学社会科学奖和省政府文艺奖。

"思"应是人的一个根本属性，探索"在"是"的本源，离不开"思"。

若有所思

—越是美好的未来越需要付出艰巨努力—

李裴/著

RUOYOUSUOSI

贵州出版集团
贵州人民出版社

图书在版编目（CIP）数据

若有所思 / 李裴著. -- 贵阳：贵州人民出版社，
2024.11
ISBN 978-7-221-17519-9

Ⅰ. ①若… Ⅱ. ①李… Ⅲ. ①散文集－中国－当代
Ⅳ. ①I267

中国版本图书馆CIP数据核字(2022)第213559号

RUO YOU SUO SI

若有所思

李　裴◇著

出 版 人：朱文迅
策划编辑：周湖越
责任编辑：周湖越　王潇潇
封面设计：熊　锋
责任印制：黄红梅

出版发行：贵州出版集团　贵州人民出版社
地　　址：贵阳市观山湖区会展东路SOHO办公区A座
印　　刷：深圳市新联美术印刷有限公司
版　　次：2024年11月第1版
印　　次：2024年11月第1次印刷
开　　本：889mm×1194mm　1/32
印　　张：14.5
字　　数：200千字
书　　号：ISBN 978-7-221-17519-9
定　　价：68.00元

目　录

若有所感

若有所悟

若有所得

序

叶秀山先生是我国著名哲学家，多才多艺，学生出众，领新时期一代风骚。留下深刻印象的是这段话："哲学无他，学以致思也。上智者小学而大思；下智者大学而小思；得乎其中者以学养思。唯不学不思者无救。余中庸之材，读书不敢懈怠，若有所思，不亦乐乎。"可以说，这是叶先生的座右铭，我见着的，是一个竖排手抄版，简直就是一幅灵秀隽逸的书法作品，感觉每个字都生机勃勃，让人感动，尤其"若有所思"，直入心扉。

从一定的学术层面上讲，"思"应是人的一个根本属性，探索"在""是"的本源，离不开"思"。笛卡尔有一个著名的哲学论断——"我思故我在"。一个有"知"的人，必有善思的习惯，广泛的阅读，对现实疑惑深思，力求把零散的东西变为系统的、孤立的东西变为相互联系的、粗浅的东西变为精深的、感性的东西变为理性的、现象的东西变成质的，以此把握规律，增强定力，获得怡然。

人生不满百，常怀千岁忧。生存、生活在当下的现实的人，“思”之所在，是要从全局看局部、从系统看截面、从长远发展看一时一事的变化，反之亦然。要站得高才能“不畏浮云遮望眼”，要看得远才能克服经验主义、思维定势和路径依赖，这是责任担当，也是道德要求，正所谓孔子《为政》的“诗三百，一言以蔽之，曰思无邪”。发现规律、掌握规律、运用规律，融汇于真善美的大道，符合于人类对理想追求的信仰，可解忧而不亦乐乎。

在奔向“两个一百年”奋斗目标，实现中华民族伟大复兴中国梦的历程中，我们应善思大道、深思真理。其一，深刻领悟顺天应道的宇宙观，认识自然运动的规律和法则，使自己的行为符合、顺应自然法则，做到道法自然。其二，深刻领悟中道公正的世界观，强化系统理论知识素养的提升，培养全面系统看世界的眼光，不能“只见树木不见森林”。其三，深刻领悟奋发有为的人生观，认知人生观不是与生俱来而是后天形成的，梦想有多远，奋斗有多勤，把立德、立功、立言作为一种人生追求，“努力拼搏，今朝汗洒书本；冲刺飞跃，明日笑映容颜”。其四，深刻领悟时代良心的价值观，坚持以人民为中心的价值取向，为天地立心，为生民立命，为往圣继绝学，为万世开太平。把握“诗人是时代的良心”，牢记“文章合为时而著，歌诗合为事而作”，创作出不同凡响，对得起时代，对得起历史的作品。

培养学习能力、养成思考习惯，是事业有成的基础条件。正如爱因斯坦所说：“学习知识要善于思考、思考、再思考，我就是靠这个方法成为科学家的。”这必须作为人一生的状态，绵绵用力，久久为功，一点松懈不得、一点马虎不得。尤其在一些特别的时期，更需要百倍的努力，当前处于幸运时代的我们，真的是“船行中流浪更急，人行半山壁更高”，必须有坚定的信心、恒定的耐力、顽强的意志，向前，朝着光明的彼岸永不停歇。

学而不思则罔，思而不学则殆。将阅读与思考统一起来，在“把书读活”上下真功夫、硬功夫，把

“若有所思”融入工作、学习、生活的方方面面，以持续的而不是间断的、长久的而不是一时的学思践悟，成就一番人生事业。

李裴

甲辰龙年秋于鱼洞峡

思

若有所思

天地正气

南宋宰相文天祥《正气歌》曰："天地有正气，杂然赋流形。下则为河岳，上则为日星，于人曰浩然，沛乎塞苍冥。"慷慨激昂，浩然正气，乃千古绝唱。

正气，是充塞天地之间的至大至刚之气。表现在社会层面，是为浩然的气概，刚正的气节。而从科技角度看，是为强盛的生命机能：人体正常的功能及所产生的各种维护健康的能力——自我调节能力、适应环境能力、抗邪防病能力和康复自愈能力，等等。于是，正气充实于内，则邪气不能触犯，所谓"正气存内，邪不可干"矣；而邪气的聚集，是因为正气的不足，所谓"邪之所凑，其气必虚"是也。

我们要明白地知道，讲正气，其根在做人的本性。佛家讲“缘、空、悟、善”，天地间，芸芸众生，见面就是缘，缘就是机缘、缘分，要懂得惜缘；“空”即放眼世界，看穿一切，“目空一切”，却成竹在胸，心宽始觉天地窄，野旷才知事物小；“悟”即启迪心智，触类旁通，世事洞明皆学问，人情练达即文章，大彻大悟；“善”就是行善、积德、感恩。善施、善舍、善得、善德。这些是佛学给人们的一种启示。

由是看到“君子坦荡荡，小人长戚戚”（《论语·述而》）“君子行正气，小人行邪气。内便于性，外合于义，循理而动，不系于物者，正气也；重于滋味，淫于声色，发于喜怒，不顾后患者，邪气也”（《文子·符言》）。这里的底蕴是人生追求和价值体系支撑的正气取向的长期修为。没有备足正气，失去正气，常常会迷入“戚戚”之境——心胸狭窄，斤斤计较，不醒悟、不彻悟、不善良、不厚道，甚至胡说八道，造谣中伤，大肆散布谣言，进行人身攻击，存在着严重的歪风邪气。

尤其需要正气的支撑，这也是当代面临的一个正在探索前进的新问题。网络自身的特有属性，个中之人最容易缺失独立思考，于是猛然想到，我们已身处网络时代，往往被一些心存不良的“小人”利用，把谎言包装成“事实”，将猜测翻转为“存在”，夸大其辞，危言耸听，蛊惑人心，扰乱秩序，侵犯权益，毁坏诚信……毫无正气可言。网络谣言，小则可能危及一个人的荣誉、尊严、人格、政治生命、财产安全，工作、生活饱受干扰；大则可能危及国家安全和一个政党的执政地位，这绝非危言耸听。

正气于心，大气于身，心正则身大。要树正气、养大气，敢于自我革命、坚决斗争。“宁说错话，不说假话”，敢把真我置于阳光下，一身正气是做人之本。一个人、一个群体，要始终保持其先进性和纯洁性，这是一篇在理论上永无止境、在实践中常做常新的大文章。先进性和纯洁性从哪里来？首当其冲两个字——正气！一个没有正气的个体，一个让邪气弥漫的群体，先进性和纯洁性是无从谈起的；一个没有正气的地方，必当是一个乌烟瘴气、乱七八糟的无序之地，必然人人自危，动荡不安。正气是人们共同的呼唤。

正气一身，清者自清。天地间有正气，人有正气叫浩然，充塞寰宇满盈盈。浩然之气多磅礴，志士英明万古存。地靠正气得以立，天靠正气成至尊，光明磊落忠义心……这些万古不朽的思想，如日月光芒，辉耀千古，今人当“总结经验，发扬正气，打击歪风”[1]。树正气、走正道，在充满积极向上、正义公平的阳刚之气象中，奔向美好未来。

原载于《当代贵州》2020年第Z1期

[1] 毛泽东：《关于正确处理人民内部矛盾的问题》，《人民日报》1957年6月19日。

德润人心

习近平总书记指出："法安天下，德润人心。"[1] 德为国之大宝，是我们每一个人修身立业、安身立命之本。评价一个人是否合格，德首屈一指。考核国家公务员"德能勤绩廉"，德稳居第一。地势低洼之处水最充盈，品德高洁之士人最敬仰。

《周易·象传》"地势坤，君子以厚德载物"。所厚之德涵盖的是真善美品质的道德范畴，把社会历史中的价值原则、王道原则、民本原则和道德纲领等也包揽其中，含藉着对自然规律的认识、理解和践行，传承、传播着一种人文精神，是中华文化的一个

[1]《习近平：坚持依法治国和以德治国相结合 推进国家治理体系和治理能力现代化》，《人民日报》2016年12月11日01版。

核心概念。其内涵的规定性是遵循着“所行之路”的方向，紧扣本性、本心，顺乎自然，根柢是本初心、本善心、本我无。要求每一个人，都必得顺应于自然社会和人类客观的内在需要，切忌违背自然规律的规定性去追逐人生。

德是道的具体体现，是可见的心行，是感知后做出的行为。国无德不威、业无德不兴、人无德不立。中华民族历来就有崇德重德、尚德倡德的传统，仁、义、礼、智、信历来为人们所称道。中华传统美德富有道德内蕴，修身、齐家、治国的传统，涉及个人、社会、国家的各个领域，是中华文化的精髓，也是涵养社会主义核心价值观的重要源泉。德是要有志于道而下功夫的，做一个有道德的人，必须自我教育、内心梳理，扎根于传统道德沃壤，汲取优秀传统道德文化，传唱核心价值观，形成崇高的思想品德、高尚的道德情操和特有的人格魅力。“无德不贵，无能不官”（《荀子·王制》）。而“德不配位”，则“必有灾殃”。

《荀子·非十二子》：“不知则问，不能则学，虽能必让，然后为德。”要成为有德之人，须下一番“问”“学”“让”的功夫。有三点是必不可少的：其一，明大德，铸牢理想信念，汲取“位卑未敢忘忧国”“居庙堂之高则忧其民，处江湖之远则忧其君”“苟利国家生死以，岂因祸福避趋之”的家国情怀精髓，坚守富强、民主、文明、和谐，永葆忠诚、干净、担当，时刻补充精神之“钙”；其二，守公德，打牢梦想追求，汲取“积善之家必有馀（余）庆，积恶之家必有余殃”“人人相亲，人人平等，天下为公，是谓大同”的社会准则精髓，坚守自由、平等、公正、法治，择善而从，不善而改，时刻追求最美好的生活；其三，严私德，锤炼意志品质，汲取“克己复礼为仁”“正人先正己”“非淡泊无以明志，非宁静无以致远”的个人修养精髓，坚守爱国、敬业、诚信、友善，慎始慎终、慎独慎微、洁身自好，打造坚如磐石的意志品质。人生之层面，或“先公后私”，或“公而忘私”，或“大公无私”。善哉，各取其位。

我们有足够的德的资源，历史相传二十五德：口德、掌德、面德、信任德、方便德、礼节德、谦让德、理解德、尊重德、帮助德、诚信德、实惠德、虚心德、欣赏德、感恩德、援助德、激情德、形象德、爱心德、笑脸德、宽容德、合作德、善良德、倾听德、宽恕德。吉光普照，总有所得；日积片羽，总有所进。

日常生活中，不带脏字骂人最厉害的一句话，非“缺德”莫属。人可以缺能力、缺金钱、缺名利，甚至缺知识，唯独不能“缺德”。与德同行，善莫大焉，与德相背，必遭唾弃。我们深信，“德不孤，必有邻”。弘扬优秀传统道德文化精神，让真善美散发一路馨香，道德空间必定花香四溢。

原载于《当代贵州》2019年第35期

周总理一生的誓言

“我发誓！”发自内心而出此言的人，一定是饱含了一种忠诚和决心，不达宏愿誓不罢休的坚定，对“法”以至“神”的自我约束和道德良心的遵从，这是庄严而持重的。“人民的好总理”周恩来从小立志——“为中华之崛起而读书”，胸怀凌云志，嫩肩敢担当，把个人的志向与国家的兴旺、民族的复兴和人民的幸福结合起来，融为一体。名篇“大江歌罢掉头东，邃密群科济世穷，面壁十年图破壁，难酬蹈海亦英雄”。以苏东坡“大江东去”词意开篇，以“陈天华典”作结，在豪迈霸气，斗志昂扬中，周总理用一生践行这一誓言，无愧榜样。

“人若有志，万事可为”“志不立，天下无可成之事”。志在誓言中，敢于立大志。这是事业的大门，这是人生的航标。“古之立大事者，不惟有超世之才，亦有坚忍不拔之志”。一个人要成就一番事业、做出一番成绩，就要有坚定的志向。志向即理想信念，理想指引人生方向，信念决定事业成败。没有理想信念，就会导致精神上“缺钙”，骨头发软，迷茫于世。“理想是石，敲出星星之火；理想是火，点燃熄灭的灯；理想是灯，照亮夜行的路；理想是路，引你走向黎明”。著名诗人流沙河1981年6月发表在《诗刊》的《理想》一诗，充满激情，深沉感人，经历大风大浪之后，仍以抒怀之笔赞美理想、诠释理想，以纯净的境界和热烈的真诚引发人们奋发向上，坚定不移追求理想。坎坷的生活，命运的浩劫，内心深处的理想之火始终燃烧，暗夜里也始终有一束光照亮前程，坚信邪不压正的真理力量。理想是沙漠中的绿洲、暗夜里的灯光，有了理想，就拥有了追求之源，奋斗之基。只有心怀崇高理想和远大目标，才能在人生道路上行得稳、走得远。

“有志者事竟成，无志者事事空”。一个人要成长、成才、成功、成熟，必须志存高远，树立远大理想。俗话说“胸无大志，枉活一世”“有志之人立长志，无志之人常立志”。以誓言穿透“乱花渐欲迷人眼”的纷繁世事，善于立远志，坚守“三军可夺帅也，匹夫不可夺志也”，即使到了贫无立锥之地，也要恪守“人穷志不穷”的信念，不坠青云之志，坚信总有“拨开乌云见白日”的到来；以誓言击碎“今朝有酒今朝醉”的颓废态度，坚持立恒志，沿着目标不断攀登，心无旁骛排除各种干扰，最终到达事业的光辉顶点。追求理想，立誓向前，就要有那么一股劲，有那么一种精气神，乐观向上，依规律而前行，决不言弃。孟德斯鸠在《论法的精神》中说：“‘誓言’在罗马人中有很大的力量，所以没有比‘立誓’更能使他们遵守法律了。他们为遵守誓言常是不畏一切困难的。”也要深悟“泰山不让土壤，故能成其大；河海不择细流，故能就其深”的道理，从小事做起，从基层干起，吃得苦，受得累，“路上春色正好，天上太阳正晴”，既能百米冲刺，又能跑好马拉松，在坚持不懈之中成就人生梦想。

原载于《当代贵州》2019年第18期

以史为镜

古人对镜子似有一种偏爱。李白诗云“不知明镜里，何处得秋霜”，以镜照出了喜怒哀愁；白居易道“皎皎青铜镜，斑斑白丝鬓”，持镜照出了岁月年华；唐太宗感叹“以铜为镜，可以正衣冠；以古为镜，可以知兴替；以人为镜，可以明得失”，用镜照出了家国大事。明镜所以照形，古事所以知今，在于历史、现实、未来是相通的，历史既映照现实，又折射未来。

习近平总书记指出：“历史是一面镜子，从历史中，我们能够更好看清世界、参透生活、认识自己。”[1] 历史，记载着一个民族的兴衰荣辱，镌刻

[1]《习近平在中国文联十大、中国作协九大开幕式上的讲话》，新华社北京2016年11月30日电。

着一个国家的精神基因，是人类探知世界的真实记录，是前人知识、经验和智慧的百科全书。以史为镜，我们可以思接千载、视通万里，看成败、鉴得失、知兴替、明过失，进一步加深对国家、社会、民族，以及个人成与败、兴与衰、安与危、正与邪、荣与辱、义与利、廉与贪等方方面面的思考。“往古者，所以知今也”。知其所来，识其所在，才能明其将往。正是历史这面镜子，让我们得以进入人类千万年生活的纵深，知道自己从哪儿来、往哪儿去。

历史总是惊人的相似。以史为鉴才能避免重蹈覆辙，才不会走弯路，更不会走错路。“秦人不暇自哀，而后人哀之；后人哀之而不鉴之，亦使后人而复哀后人也”。黑格尔说：“人类从历史学到的唯一教训，就是人类没有从历史中吸取任何教训。”我们以史为镜，不是为了从成功中寻求慰藉，更不是为了躺在功劳簿上、为回避今天面临的困难和问题寻找借口，而是为了总结历史经验、把握历史规律，增强开拓前进的勇气和力量。

历史，诉说着过去、定义着现在、引导着未来，是最好的教科书、最好的老师、最好的清醒剂。重视历史、研究历史、借鉴历史，可以带来很多了解昨天、把握今天、开创明天的智慧。我们要注重以史为镜，涵养深远的历史眼光、深厚的历史智慧和深邃的历史思维，在对历史的深入思考中做好现实工作，更好地走向未来。要重视历史了解昨天，以历史的“显微镜”标示过往。“一切向前走，都不能忘记走过的路；走得再远、走到再光辉的未来，也不能忘记走过的过去，不能忘记为什么出发”。只有弄清楚我们从哪儿来、往哪儿去，很多问题才能看得深、把得准。我们要像用显微镜一样，拨开历史迷雾，还原历史本真，丰富历史智慧。要敬畏历史，坚决反对一切形式的历史虚无主义，拒绝凭空捏造，决不能歪曲历史，更不能逆历史潮流而动。要研究历史把握今天，以历史的“放大镜”启示当下。了解历史、尊重历史才能更好地把握当下。对古代的成功经验，我们要本着择其善者而从之、其不善者而去之的科学态度，牢记历史经验、牢记历史教训、牢记历史警示，从历史之镜中强化使命担当，抢抓历史机遇，只争朝夕、苦干实干，创造出无愧于历史和人民的业绩。要借鉴历史开创明天，以历史的“望远镜”昭示未来。以史为鉴、与时俱进才能更好地走向未来。我们要善于端起历史的望远镜认识和把握社会发展规律，在纷繁复杂的表象背后，观大势、谋大局。要善于登高望远，从历史维度、长远角度、战略高度看问题，认清事物发展的本质，从历史沉淀中增强走向未来的力量，做出新时代应有的历史贡献。

“观古今于须臾，抚四海于一瞬”。在中华民族伟大复兴征程上，唯有端正历史观，“以数千年大历史观之”，才能擦亮一切历史沉淀的精神瑰宝。我们要常照历史之镜，树立历史的思维，擎起历史的火炬，让它照亮前行的路。

原载于《当代贵州》2020年第1期

古人戒奢靡

奢靡吃喝之风，历来为有识之士所憎所恶、所警所惕，唐代大诗人李商隐在总结唐朝由盛世走向衰败的历史教训时写下警世名言：“历览前贤国与家，成由勤俭破由奢。”

翻阅古籍可见，历朝历代力戒奢靡、拒绝吃喝大有人在。具体有种种情形，比如为了理想和追求而拒绝吃喝。春秋时，楚国令尹子佩在京台设宴款待楚庄王，楚庄王先是爽快答应而后却没去，他的理由是经过认真思考而给出的：“我怕会沉迷于此，流连忘返，耽误治理国家的大事，所以改变初衷，还是不去赴宴了。”再如，为了做出统治者的“表率”而拒绝吃喝。唐太宗，威名远播，被尊为“天可汗”。他有赫赫之世的权威、财大气粗的底子，却不搞大吃大喝，极为重视讲“俭约”“慎所好”，这在吴兢的《贞观政要》里有叙述。还有，为了道德自律而拒绝吃喝。元初，口渴难忍的人众争摘路边之梨且理由十足，说“现在世道大乱，梨树无主，吃之何妨”。许衡则十分干脆地驳斥：“梨树无主，我的心也能没有主吗？”别说大吃大喝，就是吃一点东西，也要先问一下“我心之主”。这“主”是什么呢，这是最起码的一种道德约束，也应是做人、处事、用权、交友的底线。

古人对奢靡之事大有明白之人，为了维护统治制度的良好秩序，不仅吃喝，就是一般有违于平常之理的事也不能做。《左传》所载“臧僖伯谏观鱼”就是明证。从一般道理来说，喜欢观鱼本是个人爱好，没有什么好多说的，但是作为观鱼者，如果其身份特殊，就不能随心所欲而行。《左传》里说的喜好观鱼者乃一国之君，故有识者必定要劝阻他，老百姓能观鱼，你却不能观鱼，谁让你是国君呢？你的一举一动都会成为臣民的表率，官员的行为举止也必定会为民众所趋附。所谓“上有所好，下必甚焉”。这里的“好”，也就是好吃、好喝、好玩、好乐，直至好吃懒做、好大喜功、好高骛远、好逸恶劳等，这岂不把维护统治的“礼”——制度给毁了吗？不难认识，奢靡之风对整个社会风气必定会产生有百弊而无一利的引导作用。尤其官僚阶层之享用、排场远远超出自身的能力之时，其无此财力则必定克扣民用，不乱才怪！

自古至今，许多道理已经被人们说得滚瓜烂熟了，但要真正在实际工作、学习、生活中从思想上认识到，在行动中做得好，却是不容易的。这是一种真正严格意义上的思想和道德上的要求，别把吃喝当小事。明朝有一贪官，受贿事件败露后畏罪自杀，对此，明太祖朱元璋说道：“彼知利之利，而不知利之害，徒爱利而不知爱身，人之愚孰有甚于此乎？”这里强调了洁身自好，而奢靡之风、吃吃喝喝，对于洁身自好具有致命的摧毁力，不可不畏之防之。

再大的事业也是由极细微的部分组成。不能做小事者，焉能做大事。难必起之于易，繁必起之于简，古人云：“合抱之木，生于毫末；九层之台，起于累土；千里之行，始于足下。”这正是积沙成塔，集腋成裘；千里之堤，毁于蚁穴；慎终如始，则无败事。

古人尚有“先天下之忧而忧，后天下之乐而乐”的思想境界，我们今人更应有更高的胸襟，力戒奢靡之风，狠刹吃喝之风，反对浪费，厉行节约，吃苦在前，享受在后，勇于奉献，鞠躬尽瘁。

原载于《贵州日报》2013年2月22日

做事当有大格局

“井底之蛙”，文献溯源应是《庄子·秋水》，现在的通识寓意是，用于比喻见识短浅、思路狭窄的人。普遍的看法，井底之蛙之所以成为井底之蛙，是因为只看到井口那么大的一块天，跳不出井口小圈子。这与养在鱼缸里的鱼为什么不能鱼龙变幻的道理相通，因为囿于鱼缸小空间，由于鱼缸这个环境具有决定性因素，鱼也是无可奈何，这是“鱼缸理论”的大要。于是，只有跳出井口、打破鱼缸，才能撑大格局、增长见识、成就事业，成为时代的共识。

古人讲，“为一身谋则愚，为天下谋则智”。只有胸怀大格局，才能拥有大智慧。智是谋之本，有智才有谋。“主宰世界的有三个要素，那就是智慧、光辉和力量”（歌德）。有智才能开路！智是为人处世之道、辨人决事之能；慧是明白道理，按理出牌。智者不惑，仁者不忧，勇者不惧。一个当代有志的人，应胸怀大格局、强化大思维、拓展大视野，孤芳不自赏、万花满园春，在撑大格局中增长智慧，成长为有智的人。

走向大格局，生长大智慧，有“三个关注点”是需要用心的。一是“上止正”。“上”是一种人生态度，饱满的精气神，要上进，奋发进取、积极向上；“止”是一种良好认识，正确的把握，要知止，分寸有度、适可而宜；“正”是一种价值要求，充盈真善美，要守正，心有正气、胸有信念。开放地深入地体会“上止正”，必定受益无穷。二是“元亨利贞”。这是对事物发展过程的描述，相当于写一篇文章、做一件事情的开始、过程到结束再行开始进入另一个阶段的开始，而其中全过程包含的需要把握的动作分寸、价值判断，前后衔接，实乃精妙无比。“元”即开始阶段，心要善，行要端；“亨”即发展阶段，讲诚信、守规矩；“利”即收获阶段，享成果、摆成就；“贞”即总结阶段，谈经验、讲启示。三是“知行合一”。这是中国古代哲学中认识论和实践论的命题，也是阳明心学的核心内容，讲究学思践悟、学用结合，把“知”和“行”统一起来，知是指良知，行是指人的实践，强调知者行之始，行者知之成，将理论付诸实践，“良知”化为“良能”，“心动”转为“行动”。

“时代需要大格局，大格局需要大智慧”。格局和智慧，是成就事业造就有用之才的基石。格局决定结局，智慧决定成败。做事当有大格局，做人当有大智慧。大格局是一种智慧，大智慧是一种格局，大智若愚；大格局是一种境界，大智慧是一种担当，大勇若怯；大格局是一种品性，大智慧是一种良策，大巧若拙；大格局是一种姿态，大智慧是一种追求，大象无形。

重温《庄子·秋水》：“井鼃[1]不可以语于海者，拘于虚也；夏虫不可以语于冰者，笃于时也；曲士不可以语于道者，束于教也。”慨叹于古人运用文字的具体生动，描写叙述的精准飘逸。在想象力的强力支撑下，例举“井蛙”“夏虫”“曲士”，从空间（虚）、时间（时）、意识（教）三个维度描述，举

[1] 鼃：古同“蛙”。

重若轻，切中肯綮，将微妙难言的哲理跃然纸上，凸现出“文学的哲学，哲学的文学”的鲜明特色，极丰东方智慧的韵味。

原载于《当代贵州》2019年第25期

闻鸡起舞

闻鸡起舞，这是一个家喻户晓的励志故事。《晋书·祖逖传》的记述之所以为人们津津乐道，我想，其中含藉的文化意蕴和价值取向具有决定性意义。言而无文，行之不远。鸡是进入十二生肖序列、被赋予“五德”的良禽；舞是舞剑，一套冲锋陷阵的本领，追求的人生目标是报效国家。这样的底蕴，支撑着闻鸡起舞、行稳致远。诸如，屈原为国操劳“虽九死其犹未悔”，范仲淹“先天下之忧而忧，后天下之乐而乐”，谭嗣同自请为变法流血牺牲等，无不是循此道理，在一个远大理想目标的引领下，把主观愿望变为自觉行动，在知行合一中做有为之人，奋斗追梦。

实干兴邦，是人类社会历史文化源远流长的共识。事业是干出来的，在实干中才可能有大作为，在实干中勇于担当，才可能成就大事业，这是一种饱含忧患意识和社会责任感的信仰的力量。中华民族历来推崇为天下担当、为国家担当、为民众担当，鄙视那些蝇营狗苟、耽于私利之人。始终坚持“天下兴亡，匹夫有责”，讲究“穷则独善其身，达则兼济天下”，推崇“为天地立心，为生民立命，为往圣继绝学，为万世开太平”。要以此为出发点，才能够真有为，把“小我”融入“大我”之中，一个人才会有海一样的胸怀、山一样的崇高，才会有为才有位，有位更加为。“位”不是天生的，没有人生下来就事业有成、功勋卓著、受人景仰。人类数千年文明史中，大多数杰出人士都是在“无位”之时，靠努力实干担当“有为”，从而在历史的书页中拥有了自己的一席之地。

因此，我们要深刻认识和领悟“伟大梦想不是等得来、喊得来的，而是拼出来、干出来的”这一真理，牢牢把握“一代人有一代人的奋斗，一个时代有一个时代的担当”，必须扛得起事，有理想、有抱负、有干劲，想干事、能干事、干成事。要把敢于斗争、善于斗争的剑舞起来，向善向上，明辨是非，面对大是大非敢于亮剑；深入实际，研究问题，解决问题，面对矛盾敢于迎难而上；坚定战略定力和必胜信心，面对危机敢于挺身而出；投入火热的现实生活，面对失误敢于承担责任；坚持邪不压正的能量，面对歪风邪气敢于坚决斗争。要秉承“天行健，君子以自强不息”的气质，喊破嗓子不如甩开膀子，一打纲领不如一个行动，把“干”字融入灵魂、付之行动，咬定目标干，只争朝夕干，与时俱进干，齐心协力干，以大干、实干、善干的成效交出人生和事业的精彩答卷。要把“担当”作为人生奋斗的基本要求，敢作敢为，干净干事，善作善成，始终保持昂扬向上的进取心，保持干事创业的精气神，以激情和理想追梦，以奋斗和奉献圆梦。要为担当者担当，让实干者实惠，让想干事的有机会、能干事的有舞台、干成事的有地位。

习近平总书记指出：“我们做人一世，为官一任，要有肝胆，要有担当精神，应该对‘为官不为’感到羞耻。”[1] 他强调：“干部就要有担当，

[1]《习近平在党的群众路线教育实践活动总结大会上的讲话》，《人民日报》2014年10月9日02版。

有多大担当才能干多大事业，尽多大责任才会有多大成就。不能只想当官不想干事，只想揽权不想担责，只想出彩不想出力。”[1] 当干部的特别是手中掌握着一定权力的人，更是要明白有位须有为的道理，明白有为才“有味”的道理，“踏平坎坷成大道，斗罢艰险又出发”，闻鸡起舞，奋发有为，真正把“想干事、能干事，敢担当、善作为”作为做人的基本追求。

原载于《当代贵州》2019年第9期

---

[1]《做焦裕禄式的县委书记》，中央文献出版社2015年8月版。

朝高处攀

“在科学上没有平坦的大道，只有不畏劳苦沿着陡峭山路攀登的人，才有希望达到光辉的顶点。”[1]在纪念马克思诞辰200周年大会上，习近平总书记引用这句话鼓励人们要勇攀高峰、登高望远。

“取乎其上，得乎其中；取乎其中，得乎其下；取乎其下，则无所得矣”“一个人追求的目标越高，他的能力就发展得越快，对社会就越有益”。目标是奋斗方向，是前进的灯塔。人可以平凡，但是不能平庸，做人做事一定要把目标定得高一些、眼光放得远一些。朝高处攀登，方可“一览众山小”；向远处前行，方能“极目楚天舒”。若想取得更好的成绩、实

[1]《习近平在纪念马克思诞辰200周年大会上的讲话》，《人民日报》2018年5月5日02版。

现更大的抱负，就要不断往高处攀登，正所谓“欲穷千里目，更上一层楼”。

要志存高远朝高处攀。理想指引人生方向，信念决定事业成败。有人曾问三个砌砖工人：“你们在做什么？”第一个说“砌砖”，第二个说“赚钱”，第三个说“建造世界上最富特色的房子”。后来，前两人还是普普通通的砌砖工人，而第三个人却成了有名的建筑师。一个胸怀世界的人，会把地球当做一个村；一个目光短浅的人，会把一口井当做整个天。志存高远才能行稳致远，只有树立远大的理想和目标，才就能激发奋进潜力，才有可能走向成功的彼岸。没有远大理想的激励和引领，再崇高的事业也可能会失去精神支撑和强大动力。纵观古今中外，凡在事业上有所成就的人，都是具有坚定志向和远大抱负的人。要以崇高的理想信念为引领，点亮理想的灯、照亮前行的路，把自己的小我融入祖国的大我、人民的大我之中，与时代同步伐、与人民同命运，更好地实现人生价值、升华人生境界。

要步步登高朝高处攀。攀登会遇到各种艰难险阻，是一个战胜自我、克服困难的过程，必须不为各种风雨所阻、不被各式颠簸所拦、不被各方困难所扰，披荆斩棘、无所畏惧。“世上无难事，只要肯攀登”。就像电影《攀登者》中两代登山人攀登珠峰那样，尽管攀登途中有风雪、有雪崩、有寒冷、更有伤害，却从未想过放弃，为国登顶，寸土不让！这种难能可贵的“攀登精神”影响着一代又一代的人。在这个属于奋斗者的新时代里，每个人都是攀登者和伟大的追梦人，没有比人更高的山，没有比脚更长的路，只要一步一步往上攀，就能到达人生的最高峰顶。身处船到中流浪更急、人到半山路更陡的阶段，要像当年攀登珠峰的登山英雄那样，愈难愈进、愈险愈进，始终不畏艰难、勇往直前，勇攀科技创新、艺术创作、医学人文等各领域各行业高峰，即使不知道哪一天能一览众山小，也要在自己的领地，欣赏沿途的风景，仰望奔赴的天空。

要争创一流朝高处攀。高处攀得高，并不全指目标的高低，也指工作标准、工作质量的高低。做人做事既要有力争上游的勇气，也要有追求卓越的意识，坚决破除“小富即安、小进即满”思想，在工作中创一流，在发展上争上游，努力推动各项工作走在前列。要敢与勇者争，以“跑起来干事、跳起来摸高”的拼搏精神、“跳起来摘桃子”的状态和奋力奔跑的姿态，努力创造一流的工作业绩。要树立“精品”意识，坚决克服“差不多”的心态，不做“差不多先生”，始终追求细致精致极致。

新征程上，朝高处攀登、向远处前行，还有一道道山梁须翻越、一个个险滩须跋涉。“山再高，高不过登山的人；路再险，挡不住勇敢的心”。心有多大，舞台就有多大；梦有多远，人生就有多远。所以，让我们始终朝高处攀，勇做新时代的攀登者，以攀登者雄姿夺取新的伟大胜利。

原载于《当代贵州》2020年第10期

朝远处谋

“人无远虑，必有近忧”。这古老的谚语充满着大智慧。远谋久略，国之根本！中华民族具有“计利当计天下利”“谋功应谋万世功”的长远眼光，眼前我们的“十四五规划”“2035年远景目标”，就是远谋于未来的举措。

古往今来为长远谋大有人在。为寻求良好教育环境，孟母三迁择邻而居；为复国大业，越王勾践卧薪尝胆数十载；为防止“极端生存假设”的发生，华为公司十年之前就开启了“备胎”计划。多少王侯将相英年败北，多失于不能未雨绸缪，不能居安而思危，不能深谋而远虑。

井底之蛙、缸中之鱼，只有跳出井口、打破鱼缸，才能撑大格局、增长见识、成就事业。无论是做人还是谋事都要善于谋划长远，看潜质、看发展、看未来，不能仅仅局限于当下。

朝远处谋就要树立全局观念、大局意识。“不谋万世者，不足谋一时，不谋全局者，不足谋一域。”张居正曾言：“见宜远而识宜大，谋宜深而胆宜壮。”思考问题、谋划工作都需要胸怀大局，这样才不会迷失在纷繁复杂的现象中，而是能够透过现象看到本质和规律；不会陷入多如牛毛的细节中，而是能够抓住主要矛盾和矛盾的主要方面；不会因一时一处的成败得失自乱方寸，而是能够冷静研判趋势、顺应趋势，把准方向、保持定力。

朝远处谋就要坚持志存高远、脚踏实地。“功崇惟志，业广惟勤”，一个人的志向，决定了他的思维和行动，没有高远的目标，就会“永窜伏于凡庸，不免于下流矣”。清朝名臣陈宏谋在《训俗遗规》中有言：“志不立，如无舵之舟，无衔之马，漂荡奔逸，何所底乎？志不立，天下无可成之事。”欲成大器，必先志存高远，在胸怀远大志向的同时，也要立足自身，脚踏实地，“万丈高楼平地起”，由近及远，步步攀登。

朝远处谋就要杜绝鼠目寸光、急功近利。“竭泽而渔，岂不获得？而明年无鱼；焚薮而田，岂不获得？而来年无兽。诈伪之道，虽今偷可，后将无复，非长术也”。这些警示之言无不讲述一个道理，只顾眼前不顾长远，都会付出惨痛代价。欲速则不达，心急是吃不了热豆腐的，拔苗助长急于求成只会适得其反颗粒无收。如果只为了眼前的蝇头小利，将会按下源源不断的“暂停键”，亦将截断川流不息的溪水河流，我们应明白，只有放长线，才能钓大鱼啊！

朝远处谋就要树立忧患意识、危机观念。历史一再证明，居安思安则危、居安思危则安。朝远处谋就要善于运用底线思维，凡事从最坏处准备，努力争取最好的结果，做到有备无患、遇事不慌，牢牢把握主动权。从承平中预见危机，做到未雨绸缪、防患未然，增强高瞻远瞩、长远谋划的“战略定力”，消除贪图眼前享受、高枕无忧的“鸵鸟心态”。

善谋者胜，远谋者兴。面对中华民族伟大复兴的战略全局，世界百年未有之大变局，迈步新发展阶段，我们要既立足于当下，又着眼于长远，始终朝远处谋，直至抵达远方。人生不止眼前的苟且，还有诗和远方。谋得远，人生之路更平坦；谋得远，未来前程更美好！

原载于《当代贵州》2020年第47期

朝实处干

“空谈误国、实干兴邦”，习近平总书记反复指出“社会主义是干出来的，新时代也是干出来的。”[1] 强调“全面建成小康社会要靠实干，基本实现现代化要靠实干，实现中华民族伟大复兴要靠实干。”[2] 事业是两横一竖干出来的，不是两嘴一张说出来的。一切难题，只有在实干中才能破解；一切办法，只有在实干中才能见效；一切机遇，只有在实干中才能抓住和用好。

“纸上得来终觉浅，绝知此事要躬行”。“干”是基础，不干一切都是空；“实”是要求也是目标，

[1]《习近平回信勉励中国劳动关系学院劳模本科班学员》，《人民日报》2018年5月1日01版。

[2]《习近平总书记系列重要讲话读本》，学习出版社、人民出版社2014年6月版。

只有从实处着眼、用实干考量、以实绩说话，才能取得实实在在的成绩。知识在“干”中获得，对错在“干”中检验，本领在“干”中提高，只有坚持“实”字当头、“干”字为先，才能以涓涓细流汇成干事创业的磅礴力量，以垒土之功成就民族复兴的九层之台。

真抓才能攻坚克难，实干才能梦想成真。实干是一种追求、一种精神、一种担当，漂亮话说得再响，决心表得再坚决，如果不去实干，一切都是空中楼阁。干事容不得坐而论道，工作来不得半点虚功，创业要不得光说不练。“知之愈明，则行之愈笃；行之愈笃，则知之益明”。实干是连通“知”与“行”的桥梁，如同园丁的锄头，砸向大地就能花香袭人；也似农人的犁耙，深入泥土就有春华秋实，一“实”当先可胜过百“巧”。我们要勇朝实处干，把“实”作为建功立业之本，把“干”作为安身立命之基，不受虚言，不听浮术，不采华名，不兴伪事，始终干在实处、走在前列。

朝实处干就要少说空话、多做实事。西谚说得好：“一切都靠一张嘴来做而丝毫不实干的人，是虚伪和假仁假义的人。”空谈者或夸夸其谈、坐而论道，唱功一流，做功末流；或搬弄是非，议论他人头头是道，自己行事招招露怯，自己不干事却对干事的人指手画脚。成功源于实干，祸患始于空谈。《韩非子·亡征》中就把空谈列为可使国家灭亡的四十七种征兆之一，指出“喜淫辞而不周于法，好辩说而不求其用，滥于文丽而不顾其功者，可亡也”，足见华而不实、夸夸其谈的危害之烈。赵括“纸上谈兵”，导致40万赵军全军覆没；魏晋名士清谈成风，后两晋亡于清谈；宋朝“声容盛而武备衰，论建多而成效少”，立国三百年两遭灭国之厄运。历史教训告诉我们：自古空谈多误事，唯有实干可兴邦。必须出实策、鼓实劲、办实事，坚决反对坐而论道的“高谈阔论”、脱离实际的“纸上谈兵”，不搞形式主义、不做表面文章，而且要让形式主义尝不到“甜头”、捞不着“彩头”。

朝实处干就要脚踏实地、求真务实。李大钊曾说：“凡事都要脚踏实地去做，不驰于空想，不骛于虚声，而惟以求真的态度作踏实的工夫。以此态度求学，则真理可明；以此态度做事，则功业可就。”脚踏实地、求真务实是进步的阶梯，心浮气躁、急功近利是成长的大敌。事无论大小，都是靠一点一滴干出来的，胜利的道路没有捷径可走，只有脚踏实地才能披荆斩棘。“见之不若知之，知之不若行之”。我们既要当仰望星空的梦想家，更要当脚踏实地的实干家，坚决抵制浮夸浮躁、急功近利等不良风气，发扬实事求是的作风、保持务实高效的状态，对看准的事闻风而动、雷厉风行，对定下的事马上就办、办就办好，一步一个脚印，踏踏实实走好每一步。

朝实处干就要狠抓落实、务求实效。“一分部署，九分落实”。如果不沉下心来抓落实，再好的目标，再好的蓝图，也只是镜中花、水中月。“名必有实，事必有功”。工作干得怎么样，必须用事实来说话、拿成果来表明、以实效来检验。我们要以钉钉子精神狠抓落实，努力干好每一天、全力干好每一事，做到决策定一条是一条，条条算数；承诺说一个做一个，个个兑现；工作干一件成一件，件件落实。要善始善终、善作善成，拿出狮子率队的狠劲、燕子垒窝的恒劲、蚂蚁搬家的韧劲、老牛爬坡的拼劲，用“埋头”换“出头”，用“实干”换“实绩”，不达目标誓不罢休、不获全胜绝不收兵。

当然，实干不等于蛮干，光靠一腔热血闷头干，不讲方法只凭蛮力干，最终效果有限，甚至还会出现反效果。“傻小子睡凉炕，全凭火力壮”是不行的。实干要把“识”放在前面，做到“有识有谋有勇”，眼睛亮能发现问题、耳朵灵能掌握信息、嗅觉敏能见微知著、嘴巴勤能指出问题、手脚快能解决问题，用脑袋思考问题、用巧干破解难题。

空谈莫如实干，心动不如行动。新时代是奋斗者的时代，幸福都是奋斗出来的，清谈客没有舞台，实干家未来无限。让我们迎着晨光实干，不要面对晚霞幻想，涵养实干的态度，葆有实干的姿态，撸起袖子加油干，干出一片艳阳天。

原载于《当代贵州》2020年第34期

朝新处闯

习近平总书记反复强调“创新始终是一个国家、一个民族发展的重要力量”[1]，告诫大家“生活从不眷顾因循守旧、满足现状者，而将更多机遇留给勇于和敢于、善于改革创新的人们”。[2]百舸争流、千帆竞发的时代，因循守旧只会没落淹汰、走向消亡，唯有革故鼎新才能兴旺发达、走向未来。

“周虽旧邦，其命维新”。在中华民族史上，“新”始终具有深刻的烙印。早在商汤时代，汤王浴盘上就镌刻着“苟日新，日日新，又日新”的铭

[1]《全国科技创新大会两院院士大会中国科协第九次全国代表大会在京召开 习近平发表重要讲话》，《人民日报》2016年5月31日01版。

[2]《习近平同各界优秀青年代表座谈时的讲话》，新华社北京2013年5月4日电。

辞。《礼记·大学》开篇就说："大学之道在明明德，在亲民，在止于至善。"而《周易·系辞上》更从天人合一的哲学角度提出："富有之谓大业，日新之谓盛德，生生之谓易。"唐代书法家李邕说："似我者俗，学我者死。"宋代诗人黄庭坚说："随人作计终后人，自成一家始逼真。"清末维新派领袖唐才常道："尊新必威，守旧必亡。"一代大师徐悲鸿有言："道在日新，艺亦须日新，新者生机也；不新则死。"可见，革新是人类生生不息的重要环节，也是自我净化、自我完善、自我革新、自我提高的人化过程。

"明者因时而变，知者随事而制"。创新意味着改变，所谓"推陈出新""焕然一新"，无不是聚焦于一个"变"字。上古就有至理名言"穷则变，变则通，通则久"。如果我们面临变革而固守旧有，势必会落后。"不日新者必日退"。这种"变"是新旧事物的更替，正所谓"旧的不去，新的不来"。面对新情况新问题，我们不能光凭经验翻老黄历、循旧历找教科书，而是要勇朝新处闯，努力想新办法、找新出路、创造新经验、开创新局面。

朝新处闯就要有破旧立新的勇气，敢于打破常规。立新必先破旧，只有突破旧的思维定式、旧的常规戒律、旧的条条框框，新事物、新模式才会不断涌现。李四光曾说：“一些陈旧的、不结合实际的东西，不管那些东西是洋框框，还是土框框，都要大力地把它们打破，大胆地创造新的方法、新的理论，来解决我们的问题。”铁，不浮于水，不行于空，但莱特兄弟敢于打破固有思维，立志飞行，最终造出世界上第一架飞机。“天圆地方”学说古来有之，麦哲伦敢于质疑，率领船队完成第一次环球航行，证明地球是圆的，打破了禁锢多年的陈旧观念。我们要敢打破迷信经验、迷信本本、迷信权威的惯性思维，摒弃不合时宜的旧观念，以思想认识的新飞跃打开工作的新局面。

朝新处闯就要有敢为人先的锐气，勇于走出新路。创新之路充满荆棘，必然会遇到许许多多的困难与风险，所谓“新房子易造，旧房子难修”。我们要敢于尝试，敢于探索，敢于迈出步子，“别因河深不渡河”。“吃粮靠返销、用钱靠救济、生产靠贷款”的小岗村18位农民冒着极大风险，在土地承包责任书上按下红手印，实行包产到户，由此拉开了中国改革开放的序幕。站在岸上永远学不会游泳，只有摸着石头过河，敢为人先去探索前所未有的事物，才会创造更多奇迹。我们必须勇立时代潮头、善开风气之先，敢于做别人没有做过的事，敢于走前人没有走过的路。

朝新处闯就要有守正创新的正气，不可标新立异。创新的本质是突破和创造，是为了更好地适应发展需要，解决实际问题，既不能墨守成规，也不能标新立异，这样的创新才真正有意义和价值。那些巧立名目、华而不实的“创新”，只会适得其反、遭人唾弃；那些打“小算盘”、耍“小聪明”和“钻空子”的“创新”虽然会得到一些好处，但终将会受到惩戒；那些怀着邪恶念头的“创新”将会扰乱正常秩序，甚至带来破坏和灾难，但最终也难逃法网。创新必须守正，只有方向对了才不会把“路”走偏；只有守住了正气，结果才会向好。我们要怀揣正义之心，始终朝着正义的方向创新创造。

实践永无止境，创新永无止境。处处朝新处闯才有奇迹，事事朝新处闯才会更精彩。我们要在全社会大力营造勇于创新、鼓励成功、宽容失败的良好氛围，让创新在全社会蔚然成风，让创新源泉充分涌流。

原载于《当代贵州》2020年第27期

朝难处走

为什么要“朝难处走”，只因为“志不求易者成，事不避难者进”。习近平总书记反复指出：“我们现在所处的，是一个船到中流浪更急、人到半山路更陡的时候，是一个愈进愈难、愈进愈险而又不进则退、非进不可的时候。”[1] 惟其艰难方知勇毅，惟其磨砺始得玉成，正所谓越是艰险越向前。

中华民族向来相信“艰难困苦，玉汝于成”，始终认为“天将降大任于是人也，必先苦其心志，劳其筋骨，饿其体肤，空乏其身，行拂乱其所为，所以动心忍性，曾益其所不能”。明代吕坤在《呻吟语·人品》中有名句：“大事难事看担当，逆境顺

[1] 《习近平在庆祝改革开放40周年大会上的讲话》，《人民日报》2018年12月19日02版。

境看襟度，临喜临怒看涵养，群行群止看识见。”可以说，“难”是检验担当作为的一块试金石。困难好比一块奇妙的石头，如果遇难绕道而行，它就是“绊脚石”；如果遇难攻坚克难，它就是“垫脚石”。畏难不知难，临难而退，难者更难；知难不避难，迎难而上，难也不难。是知难而进，还是畏葸不前，最能体现境界，最能看出担当。“难”是催人成长的一个练兵场。难干的事最能磨炼一个人的心性、锤炼一个人的意志。越是艰苦环境、吃劲岗位，越是困难大、矛盾多的地方，越能磨砺意志。经风雨、见世面才能壮筋骨、长才干，在复杂矛盾面前，敢抓敢管敢于碰硬，才会少一分慌乱；遇见重大难题，敢闯敢试敢为人先，才会多一分从容。只有经过踏平坎坷成大道的淬火锻压，方有斗罢艰险又出发的坚忍不拔。“难”是走向成功必须越过的一道坎，犯其至难方能图其至远。成功的道路没有一条是平坦的，充满荆棘是常态，总有这样那样的挑战。正所谓“不经历风雨，怎能见彩虹”，干部的成长过程，不经历几次风吹浪打，不接几块“烫手山芋”，不做几回“热锅上的蚂蚁”，是很难练就攻坚克难的本领的。困难越大，战胜困难后取得的成绩就越大，我们要明白“越是难干越是难得”的道理。

面对艰难险阻，唯有迎难而上才能破茧而出，唯有克难奋进才能拨云见日，唯有攻坚克难才能成就大业。勇朝难处走，敢于亮剑，以“明知山有虎，偏向虎山行”的胆识和“有条件要上，没有条件创造条件也要上”的硬作风，知难而进不言难，迎难而上不畏难，才能夺取胜利。

朝难处走就要事不避难。矛盾无处不在，困难无时不有。如果对一些棘手的问题、难解的疙瘩“怕”字当头，遇到矛盾就绕开，见到风浪就退避，那难题会日积月累，积重难返。“为官避事平生耻，一勤天下无难事”。我们不能因有困难而不为、因有风险而躲避、因有阵痛而不前，必须直面问题矛盾，就是要“在困难面前逞英雄”，敢啃硬骨头，逢山开路遇水架桥，始终直面矛盾、正视困难，挖掘难题的根源，寻找破题的对策。

朝难处走就要迎难而上。事不避难更要攻坚克难，知难而进、迎难而上，勇于挑最重的担子，敢于啃最硬的骨头，善于接最烫的山芋。我们要明知山有虎，偏向虎山行，把难题当磨石、把难关当战场，以舍我其谁的气概涉险滩、破坚冰、攻堡垒、拔城池，厉兵秣马战沙场，破难攻坚显身手，义无反顾地做行动者、奋斗者，不负初心使命，成就伟大事业的万千气象。

朝难处走更要化难为易。“巧干能捕雄狮，蛮干难捉蟋蟀”。迎难而上更要巧妙地上，讲究方法、讲究技巧，用创新的思维和办法研究问题、破解难题。遇到难事难题，脑中一锅粥、手口一团麻是不行的，一味硬碰硬、针尖对麦芒也是行不通的。我们既要有迎难而上的勇气，世上无难事、只怕有心人，也要有攻坚克难的智慧，学会“肢解难题”，通过抓具体抓深入化难为易、化繁为简，最终破解难题、克难而胜。

好事尽从难处得，少年无向易中轻。无论遇到多大困难，都要咬定目标不动摇，坚定信心不懈怠，顺境乘势而上，逆境迎难而上，越过重重难关，自会看见最美的风景，取得更大的成就。

原载于《当代贵州》2020年第18期

朝深处钻

涉浅水者见鱼虾，涉深水者见蛟龙。习近平总书记反复告诫我们“不能采取浅尝辄止、蜻蜓点水的态度”[1]，要求“在求深、求实、求细、求准、求效上下功夫”[2]。做人做事最怕浮于表面，学习工作最忌一知半解，调查研究最厌走马观花。唯有深耕深植、深钻深研，如切如磋、如琢如磨，才能触及灵魂深处、抓住问题根源，收到实实在在的效果。

古人云，“为学之道，必本于思”“不深思则不能造于道，不深思而得者，其得易失”。只有通过深入思考钻研，才能去粗取精、去伪存真，由此及彼、由表及里，让知识融会贯通，实现对事物认识由现象

[1]《习近平在哲学社会科学工作座谈会上的讲话》，《人民日报》2016年5月19日02版。

[2] 习近平：《之江新语》，浙江人民出版社2007年8月版。

到本质的升华。钉子钉得牢不牢，取决于它钻得深不深。“井无压力不出油，人无压力轻飘飘”，井的压力在深处，越钻越深越出油。无论是工作还是学习，不管是调查还是研究，我们都应该保持“为伊消得人憔悴”的钻劲，以“不到黄河心不死”的执着朝深处钻。

要力戒浅尝辄止，入木三分朝深处钻。浅尝辄止、蜻蜓点水，换来的只不过是“雨过地皮湿”，结果必然是“空中楼阁”“海市蜃楼”，成为“镜中花”“水中月”。相传王羲之在木板上写字，木工刻时，发现字迹透入木板三分深。非洲草原有一种长得最高的“草地之王”尖毛草，在最初半年里只有一寸高，而雨季一旦到来就像被施了魔法，三五天就能长到一两米高。原来，雨季前，尖毛草不是不长，而是在向下长，深扎地下达28米。尖毛草向下朝深处钻，正是为了积蓄向上的力量。根深才能叶茂，根植于沃土才能拥抱蓝天。“凡无根之木皆为妖”，凡事不能浅尝辄止，必须铆足干劲朝深处钻，练好成长“根劲”、厚植腾飞根基。

要防止浮于表面，由表及里朝深处钻。浮于表面，只见树木不见森林，知其然不知其所以然，表面上什么都知道，实际上可能什么都不懂。凡事不能满足于一知半解，必须“小题”里面看“大题”，透过纷繁复杂的表象，把问题找实，把根源挖深，既闻芝兰幽香，又察鲍肆之秽，知其言更知其义。要保持一股“钻”劲，全面而不片面、系统而不零散、广角而又聚焦。学习上坚决摒弃“碎片化”“快餐式”阅读，多问几个“为什么”，持续往深里走、往心里走、往实里走；调查研究要坚决反对走马观花、一得自矜、以偏概全，草率地下结论、做判断；反映问题应切中时弊，揭示矛盾应深刻透彻，提出建议不能流于空谈。

要杜绝大而化之，具体深入朝深处钻。大而化之、笼而统之的办法，只会使糟糕愈演愈烈。在一些地方、部门和单位，许多问题客观地存在，之所以看不到、想不到、抓不到，解决不了，一个重要原因就在于失之于“粗”，失之于“虚”，工作抓得不具体不深入不扎实。有些工作费了“吃奶的劲”，效果却不明显，很大原因在于工作粗枝大叶，每一项工作都差一点点，最终的结果就会差很多。很多工作，一具体就深入，一深入就能发现问题，发现问题就能找到解决问题的办法，解决了问题就能推动工作前进。凡事只要具体深入，就能无往而不胜。我们要像剥洋葱那样，一层一层地抽丝剥茧，越抓越精准、越抓越深入，直到把问题彻彻底底搞清楚、解决掉。

要谨防望而却步，锲而不舍朝深处钻。哲人有言："与其花许多时间和精力去钻许多浅井，不如花同样的时间和精力去钻一口深井。""钻深井"需要久久为功，坚持不懈地倾注精力、投入时间，才能凿深凿透。成功没有短平快，把付出转化为养分需要一定的过程，恰恰需要锲而不舍地朝深处钻。有的人缺乏韧劲，遇到难题望而却步，没有"再坚持一下"的定力，"总是在奇迹发生前五分钟停止努力"，换个方向继续前进，不知不觉中就陷入了"钻浅井"的迷途中。如果抓一阵子松一阵子，热一阵子冷一阵子，怎么能把工作做好呢？朝深处钻的过程，也是一个积小胜为大胜、积跬步致千里的过程，必须克服"三天打鱼，两天晒网"的思想惰性，坚持长效积累，久久为功，充分发挥深钻的"韧劲"，咬定青山不放松，不达目的不罢休。

“纸上得来终觉浅，绝知此事要躬行”。我们要养成“深进去”的主动性，少一些粗浅、肤浅，多一些“一竿子插到底”“打破砂锅问到底”，在朝深处钻中迈入更深层次、更广领域、更高水平。

原载于《当代贵州》2021年第37期

众志成城

苦难要成为人的财富，需要经历思想的磨砺，仅仅身陷苦难而没有深刻地意识到并使之进入文化构建，其该有的价值也就擦肩而过了，倒是其中的某些言语的碎片，却会在某些社会情境中散发出难以意料的冲击力。新冠肺炎疫情突袭，给人类带来一场灾难，许多具体的个人及群体亲身遭受苦难，与“伤其类也”感同身受的人，承受着身心双重碾压，在这一时期及其后相当长的阶段，考验着人的反思能力。在苦难中不屈和抗击的人们众志成城，凝聚起人类在一次又一次血与火的考验中共有的精神财富，勠力同心是迷宫般多选题的真正答案。

众志成城的内涵，是人对历史重大事件的深刻反思。文字记载出处在《国语·周语下》，说的是东周第12代天子周景王姬贵在位时的事。周景王着手两件大事，一是铸大钱，试图以铸行币值高的大钱的方式来收缴民间的小钱；二是铸大钟，准备铸造两组巨型编钟，上下悬挂在一起配合着演奏。大臣单穆公认为，铸大钱不利于流通，是“绝民用以实王府”，掠夺平民百姓；而铸大钟更是劳民伤财，既得不到悦耳的享受，又加重了百姓的负担，会使百姓离心，国家危险。司乐大夫伶州鸠进言，编钟的声律强调和谐，如果百姓怨恨，那就没有和谐了——老百姓共同喜欢的东西，很少不实现的；他们共同厌恶的东西，也很少不废灭的。单穆公、伶州鸠可谓苦口婆心，景王却不听也听不进，3年间，铸了大钱，造了大钟，随后第二年死于心疾，周王朝也随即爆发了长达5年之久的内乱。伶州鸠在劝阻景王时引用民谚“众心成城，众口铄金”来表明自己的观点，以致有了“众志成城”这个成语，强调万众一心、一起面对困难，大家同心协力，就像城墙一样牢固。团结一致，力量就会无比强大，无坚不摧而自身牢不可破。这个道理，历数千年历史的激浪冲刷，愈见“众志成城”在民族精神里的璀璨光华。

病毒是全人类的敌人。谁是我们的敌人，谁是我们的朋友，这是首要问题。弄不清这个问题，失去基本的原则和准星，这本身就是很大的问题。不能很好地协同作战，更多是稀里糊涂不明敌友而又往往想当然，这在历史上教训可多了去了。要明白敌人是谁、敌人在哪里、怎么应对，知其然还得知其所以然，任何隐瞒、掩饰，为一己私利而欺瞒哄骗，后果都是严重的，“天下以言为戒，最国家之大患也”。《国语·周语上》有载：“防民之口，甚于防川，川壅而溃，伤人必多，民亦如之。是故为川者，决之使导；为民者，宣之使言。”周厉王的教训是摆在那里的，历史以“国人暴动”记之，周厉王的结局定当引以为戒。要让人讲话、讲心里话；要听到声音、听到人民的声音，齐心一致，共襄伟业。即便内部有分歧、有争论，但有外来者入侵，便一致对外，诚如《诗经·小雅·棠棣》言：“兄弟阋于墙，外御其侮。”

患难见真情，出自明东鲁古狂生之《醉醒石》，以事说理，以理服人，经共同患难，知真心朋友。中华民族历史上经历过很多磨难，但从来没有被压垮过，而是愈挫愈勇，不断在磨难中成长、从磨难中奋起。面对病毒这个世界人民的公敌，我们每个人都献出一点爱，汇聚成大爱无疆的洪流，患难之中，众志成城，共同御敌，真情自见。

原载于《当代贵州》2020年第27期

就怕万一

俗话“不怕一万，就怕万一”在华语人群中耳熟能详。这是前人在社会实践、人类文化的进程中做出的经验总结。既有剜心的疼痛，也有切肤的欢愉，可谓名副其实的“老人言”。不听老人言，吃亏在眼前。“万一”是用来“怕”的，警惕之、防备之，不然，连“补牢”的机会都没有。“巴黎圣母院火灾”，恐怕就是出了“万一”的幺蛾子，不知是“黑天鹅”，还是“灰犀牛”。

《礼记·中庸》有云：“凡事预则立，不预则废。”以防万一，“预”是前提。预备、预先、预算、预谋、预案，做足“预”的功夫，便可预见。无论眼前的世界如何令人眼花缭乱，其基本的规律是不会变化的，能够发现规律，掌握规律，直至运用规律，就可以向成功迈进了。机遇之门为有备之人打开，成功之窗为有备之人开启，有备而来方能闲庭信步。充分周全的准备工作和对形势的洞若观火，可以避免少走弯路，达到事半功倍的效果，所谓“磨刀不误砍柴工”。这就告知我们一个道理，“谋定而后动”。任何时候做任何事情都不能打无准备之仗，需要“兵马未动，粮草先行”“适千里者，三月聚粮”，只有做好充足的准备，各方面尽可能地动员，才能遇事不慌、临危不乱，才能 “运筹帷幄之中，决胜千里之外”。曲突徙薪胜过临渴掘井，有备无患胜过力挽狂澜。

要把“就怕万一”作为一种思维习惯渗透到日常生活、工作中。俗话说：“常将有日思无日，莫到无时想有时。”做人做事就应该做到常思常在、常有常备，多些未雨绸缪、少点临阵磨枪，多些周密谋划、少点仓促上阵，多些功夫在诗外、少点临时抱佛脚，尤其要克服“莫将容易得，便作等闲看”的坏习惯。首先要做足“早课”。有所准备，凡事“走一步、看两步、想三步”，善于捕捉苗头性、倾向性问题，精准把握趋势性、规律性问题，认真检查，不放过每一个细节，不断提高见微知著的预见力、由表及里的洞察力。其次要练好“谋功”。有所防备，做工作要有预案、对险情要有准备，杜绝麻痹思想和侥幸心理，见之于未萌、止之于未发、防患于未然。再次要做好“储备”。尤其是理论的系统学习和积累，“吃在碗里、看在锅里、买回来放在菜篮子里”，避免书到用时方恨少，文到写中无词急；更要避免“碎片化”的干扰，整体性地掌握和推进。

习近平总书记指出：“要善于运用底线思维的方法，凡事从坏处准备，努力争取最好的结果，做到有备无患、遇事不慌，牢牢把握主动权。”[1]底线思维是客观地设定最低目标，立足最低点，争取最大期望值的一种积极的思维方式。“不怕一万，就怕万一”就是在立足于守住底线中追求达到高线，这是一种提醒，也是一种督促，着力重点领域，盯住关键环节，在小心谨慎中把握主动权，掌握制胜权，要做什么事，就一定要做到底、做彻底、做完好。对奋斗路上的追梦人，梦想一定要有的，不惮于“万一”，

[1]《习近平治国理政思想的新境界》，《学习时报》2016年8月8日03版。

以振奋的精神、必胜的信心、顽强的斗志、坚韧的毅力，向着理想、向着目标、向着前方昂扬挺进。其实，只要真是有备无患、遇事不慌，最好的结果是可以努力争取到的。

天灾有时难料，人事尚有可为。居安思危，思则有备，有备无患。在“一万”中精进，在“万一”中笃定，做人就当有备而来、满意而归。

原载于《当代贵州》2019年第21期

正面做事

“正面做事，难吗？”别人问我，我也经常问自己。别人的眼里，你是“从政”的人，自己的心中，是“服务”的人。脚跟站稳，负重前行，坚持“正面”，始终“做事”，确实需要认识上的清醒和行动上的勤奋。浸润优秀传统文化：天地，为形神之正；圣人，为德之正；法令，为四时之正。这是把“正”放在天地万物的准则上来看——天地以正立，正立天地心。同理，人以正气立，事行正道远。通俗讲，“正”，下面一横代表地，上面一横代表天，人立于天地之间。其中有很高的要求，人行在世间，就当品行端正、办事公正、待人谦正，要始终怀正直心、行良知事、传正能量。

这里涉及认知问题，我始终认为：“正”充盈着真善美，既包含道德操守，又包含客观规律，还包含正确理论。“正”者守正，心有正气，胸有信念。正面像阳光，给人心灵温暖、快乐和健康。用正面的心态面对困难、解决问题，胜利的曙光就在前方。点亮一盏心灯，照亮他人的同时，也温暖了自己。我们要善于运用正面思考的力量，多正面思维，多正面表达，多正面行动，始终正面做事。其中，“正心、正身、正行”至为关键。

正面做事就要正心，养浩然正气。中国文化中，正心是格物致知到修齐治平，由物及人、由己及人的转折与核心，而正心本质是养浩然正气——天地之气、浩然之气、阳刚之气。无论是“宁为玉碎，不为瓦全”的慷慨献身，还是“出淤泥而不染，濯清涟而不妖”的持身守洁，正气总能给人心以温润，给社会以光明。岳飞精忠报国，荆轲刺秦金诺；文天祥人生自古谁无死，留取丹心照汗青；谭嗣同我自横刀向天笑，去留肝胆两昆仑；浩然正气滋养九州大地，划破时代长空！正气凛然不失节，邪气就会让路，正义昭彰不退缩，黑暗不驱而散。我们要长养浩然正气，以此来陶冶道德情操，“见利不亏其义，见死不更其守”，升华思想境界。

正面做事就要正身，做正人君子。“其身正，不令而行；其身不正，虽令不从”。只有心洁身正、品行端正，做人才有底气，做事才会硬气，才会赢得他人的信赖与尊敬。“富贵不能淫，贫贱不能移，威武不能屈”，无论何种境遇，恪守为人底线，活得问心无愧，这就是“正”。若为了名利，不计后果，不择手段，走邪门歪道，就会害人害己，甚至祸国殃民。筑巢于风、建屋于沙，风吹沙走，终将一切归零。身正才不会怕影子歪，必须走得直、行得正、坐得端，处事正义、为人正直、作风正派，不以私情废公事，始终慎独慎微慎初，耐得住寂寞，守得住清贫，经得住诱惑，管得住小节，始终洁身自好、一尘不染。

正面做事就要正行，走人间正道。大道之行，天下为公。以“公”为“道”，不偏不倚；持“正”为“派”，不歪不斜。正道不殆，可后可始。所谓正道，乃光明之道、正确之道、正当之道，就是天下为公、天下为民、天下归心。“公道正派”是我们中华民族传统文化所推崇的处事原则，礼贤禅让的尧舜、公而忘私的李冰父子、秉公执法的北宋包拯、清正廉明的明代海瑞等，恪守公道正派的人物事迹在历史上得到了记忆和传颂。我们要把公道放在心里，把正派作为标杆，把公道正派作为立身之本、处事之要、正气之源，正派为人，磊落行事，扎实工作，踏实为人，把“有意义”与“有意思”结合起来，说老实话，干老实事，做老实人，以高度的责任心干好每一项工作，干出新成绩，做出新贡献。

历史一再证明，行“旁门”、走“左道”终将没落衰败，讲正气、走正道终能成就百年基业。只要我们增强“上止正”智慧，正面做事，做人正直，做事正派，有正气场，有正能量，有正思维，困难便会迎刃而解、成功就会不期而至。

原载于《当代贵州》2020年第41期

有礼则安

礼，是中华文化内涵的一个重要概念，对华夏文明的稳固和绵延作用重大，集中呈现于社会的典章制度和道德规范。周公时代的周礼，对社会和个人的理性规范，强调“尊重、遵守、适度和自律”原则，已比较完善。当下，我们身逢新时代，幸甚，以“礼”约之，博学于文，择善而从，修养身心，从而砥砺前行，建功立业，不惧大浪淘沙，不负英雄辈出！

溯源追流，礼已成为文化的基本精神。荀子有言：“人无礼则不生，事无礼则不成，国无礼则不宁。”清初思想家颜元也说：“国尚礼则国昌，家尚礼则家大，身尚礼则身正，心尚礼则心泰。”古代贤士从不同层面对礼进行了阐释，可见其系统性地渗透于社会、人生各方面。因此，礼，大者关乎国势，是一个国家社会综合实力、文明程度、道德风尚和生活习惯的综合反映；小者关乎人道，是一个人的品质与修养，道德与情操的集中体现。于是，孔子断言："不学礼，无以立。"明礼用礼，礼行天下。

明礼，需要信仰的支撑——"真信"。"一门深入，长时薰修"。关键是要牢牢把住这个"门"，这是人生理想信念的方向和入门，是人之所以为人的理性属性，具有定向机制的功能，提供人生的精神向导、精神动力和精神支柱，从而在人的衣、食、住、行等生活领域，在从事各种谋生领域，直至在道德领域、社会领域，明晰人自身的追求、实现和展现自身的价值，进而共同实现"类"的、符合人的历史发展需求、空间生存需求和自由自在和谐共处需求的目标。对个体的人，其人生的启程和过程中，入得"此门"，含藉着个人全部的综合内涵的"相信"质素。有人曾问邓小平："长征那么艰难凶险，你是怎样走过来的？"他回到了三个字："跟着走！"[1]跟着命令走，跟着号令行，正是一种内心思想深处的"相

[1]《有人曾问邓小平怎样走过长征 邓小平：跟着走！》，《解放军报》2016年11月3日。

信”——对革命事业的坚定信念、对我党我军的绝对忠诚。

做一个有礼的人，就要加强自身修养，塑造良好品行。“观古今于须臾，抚四海于一瞬。”以习近平新时代中国特色社会主义思想为指导，坚持正确的世界观、人生观、价值观，坚定理想信念，注重提高文学修养，兼收名家、大家的精华，从经典作品中吸取营养、吸收养分；注重提高艺术修养，培养自身对美术、音乐、戏剧、电影与各方面艺术的欣赏审美能力，经受艺术的陶冶和滋养；注重提升文化修养，建构完整的知识体系，牢固树立身在贵州、胸怀天下的战略思维，调查研究、全面客观的系统思维，敢于质疑、突破常规的创新思维，把握规律、善于统筹的辩证思维，日积月累、久久为功的学习思维。把握真善美，倡导正能量，个人行为尤其要明礼，保持良好的礼仪规范，把内在的自觉性和外在的约束性统筹起来，不断格物修习、完善人格，说文明话、做文明事、当文明人。

明礼中加强自身内涵是植稳根基所在，有礼则安，乱云飞渡仍从容。当今，我们身处百年未有之大变局。拉开时空来看，至为重要的是我们自身的定力。艰难可以摧残人的肉体，死亡可以夺走人的生命，但没有任何力量能够动摇中国共产党人的理想信念。要“严以修身”——“修其心，治其身，而后可以为政于天下”“安天下，必须先正其身”。古今很多圣贤，都提出了修身成就事业的重要性。孔子说“自天子以至于庶人，壹是皆以修身为本”。

有“礼”走遍天下，无“礼”寸步难行。遍及于俗世，做人就要经常修身养性，做一个明礼、守礼、用礼的人。

原载于《当代贵州》2019年第29期

景行行止

“高山仰止，景行行止”。这句话，原出于《诗经·小雅·车舝》，后司马迁《史记·孔子世家》专门引以赞美孔子，并说“虽不能至，然心向往之”。在日常生活中，我们也常能听到，然详解和追问却不竟然，宋代经学家、儒学集大成者朱熹解释：“仰，瞻望也。景行，大道也。高山则可仰，景行则可行。”“景行”是大道、大路，“景行行止”是说大道可供人们行走。

“全面小康大家一起走！”这是大道，来自对走过的路、现在的路、未来的路的回顾、研判和眺望，中华民族在漫长历史中的祈盼，我们的初心和使命，老百姓心目中的理想愿景，大道之行也，天下为公，奔向“大同”。因此，“全面小康”有着强劲的大道支撑，其言语发出的内在呼唤和憧憬，内蕴里是绵长深厚的大道之音。

中华民族承续有“上止正”的思维经验，以“止”来对“景行”做出“行止”的规定性，“知止不殆”，蕴含了贯穿时空的通透智慧，行走在大道上也需时刻警醒，不能丢掉了“止”的“分寸”。“小康”“大同”之路，是历史的必然、实践的必须，是理论的显现、民众的所愿，当下的脚步，要把基本原理与时代特征结合起来，切记，“既不走封闭僵化的老路，也不走改旗易帜的邪路”。

“景行”中包含“美美与共”的内容，应是一种大众的价值养成。《道德经》有语：“知常容，容乃公，公乃全，全乃天。”无所不包于“合规律”中，而包容别人就包容了公道，有公道就大家好，大家好了社会就好。道路宽敞，逐梦而行，奋斗者、追梦人自然是“各得其所”，领悟于“躁胜寒，静胜热，清静为天下正”。把行为的尺度和判断的标准置于“景行”，以得福运相随。

行走路上，同行人也必然会有“争论”。争论是为了什么？是否有“有效性”？理应深思。同路人首先要有同路的基础，行进于大道更是如此。有一些毛病是古已有之的，古希腊著名哲学家苏格拉底当年一针见血地指出："争强逞胜的人讨论起任何问题，完全不顾所讨论的问题是非曲直，只求自己的观点被听众看做真理。"他语重心长地告诫："你们如果肯听我的话，我劝你们少想苏格拉底，多想真理。你们认为我的话说得有理，你们同意，认为无理，你拿出一切理由来反对它，反正我绝不会一厢情愿，自己欺骗自己，欺骗你们，像蜜蜂似的留下刺一走了之。"

大道引向远方，应胸有大局，太精明、太算计，往往会忽视真正"景行"的众生利益和大义。君不见：纠缠于俗务琐事，只看脚下眼前，陷入于锱铢之争，连抬头的时间都被吞噬掉；盲目站队，不辨是非，在围观中只图热闹刷出存在感，简单贴个标签自己都不知所以；生活在"流量"中，以"流量"为衡量个人人生成功与否的标准，同一件事，今天说东、明天说西，那时赞成、这时反对……这些现象有悖于理性、价值、伦理，需充分警惕，当头棒喝！古贤荀子有言："是是、非非谓之知，非是、是非谓之愚。"提醒大家注意，对的就赞成、错的就反对叫做明智，反对正确的、赞成错误的叫做愚蠢。试想，这个道理还不简单吗？

“景行”在前，并非横空而来，是有根、有源的，其中蕴含着先贤古圣、民族大众的精神痕迹、理念意志，凝聚于斯，一切都未过去，一切都在现在，一切还将延伸至未来。固然艰辛困苦，于奋斗追梦人，“虽千万人吾往矣”。有志的人们，永远高唱：“我们走在大路上，意气风发斗志昂扬……向前进！向前进！朝着胜利的方向。”

原载于《当代贵州》2020年第31期

尊重常识

疫情与人类共生，中华民族数千年的历史，繁衍生息总离不开与疾病抗争，仅《中国古代疫情流行年表》就辑录有1840年以前的826条记录。令人印象深刻的是，凡重大疫情，对民族、国家的政治经济和社会发展无一例外皆产生重大影响，有时在一定程度上是决定性的影响。

对于自然界的广泛生命，是一个进化历程，而对于当时思考中的人，则更多“人生不满百，常怀千岁忧”，其实也明白，放之宇宙，仅尘埃而已。就一个个具体“此在”而言，如何集中智慧，穿透时空，让现世人人处愉悦之态，聚焦“文化疫情”而营造良序，却是时代的重大考验。检视汗牛充栋的史册和人类史的足迹，我们需要致敬和浸淫其中的是，中华优秀传统文化和实实在在的常识。

常识像洁净的空气，一刻也离不开，却常被忽略甚至无视，其中的深刻教训，往往是至关紧要时刻的当头棒喝。伟人言，这世上要出事，不会是出在高深理论上，而一定会在常识上。

水烧开了烫手，你非要去弄千个道理、万个理由说，水烧开了不烫手。“观今宜鉴古，无古不成今”，《增广贤文》上的这句话恐怕妇孺皆知、耳熟能详，数千年的历史，人类一步一步走过来，再来一个数千年，还是需要人类一步一步前行。昨天的作为构成了今天的现实，今天的选择将是明天的图景，对在一个时间节点上的“这个人”来说，想要洞穿这一切确实难，倒是可以事后诸葛亮，以现在的结果倒推原因，形成一说。

遵义海龙屯杨氏土司持续了700余年，共29代，最终被湮灭在战火之中；古楼兰王国，早在2100余年前就已见诸文字，公元500年左右，却一夜之间在中国史册上神秘消失（有一说是与瘟疫相关）。“身在此山中”的人，无论枭雄豪杰还是平常百姓，谁能想到呢？不过，他们到底是参与了这个历史的过程，而一般生存延续于世的人及人群，有一点无疑是一致的，即“食色性也”。

人们都知道，不吃饭，没有食物供给，人是生存不下去的。与“吃”紧密相关，是人类经过漫长的探索，付出了难以尽数的智慧、辛劳、汗水和泪水，甚至生命的代价，终于昭告天下：“五谷丰登、六畜兴旺。”这是荒漠里的一片绿洲，黑暗里的光明，也是人类为自己定下的规矩，人是不能乱吃的，千万不能乱套了。

一个人如果五谷不分，是有问题的。“神农尝百草”为人们所赞扬、津津乐道，在于押上自身安危的勇敢行动，对生命负责，为人类做贡献，在人与百草之间画出杠杠来。

在人类社会发展进程中，智者更是清醒：饱暖思淫欲，饥寒起盗心。“少”而至饥寒（匮乏）要警惕，“多”而至饱暖（奢侈）也要警惕，合度的、无防备而放松愉快的生活，才是常态。

人在其现实意义上，是社会关系的总和。独立于世，不与众人发生关系的个人是不存在的，每个人都总是在人与人、人与万物的关系之中。维系其正常存在的价值体系具有基础性关键性作用。体现在社会行为上，是为天赋良知，由此支撑了数千年的绵延。

当良知基石、良心约束遵循时，“天”与“人”合一，大道而行，俗世之中则“修辞立其诚”而“知无不言”。其实，这既不高深也不玄奥，简言之“老吾老，以及人之老；幼吾幼，以及人之幼”。人皆可为而难为之，其天敌当是利益和权力。返璞归真，回到常识，“天下可运于掌也”。

原载于《当代贵州》2020年第23期

刀在石上磨

俗话说，刀在石上磨，人在事上练。谋略是学出来的，胆量是练出来的，不涉一些“险滩”，啃一些“硬骨头”，接一些“烫手山芋”，何以磨出真功夫、练出真本事？经受大风大浪考验、急难任务锻炼，在真斗真、硬碰硬的磨练中变得“干练”“老练”，才正是“宝剑锋从磨砺出，梅花香自苦寒来”的人生印证。

俄国著名物理学家列别捷夫说得好：“平静的湖面练不出精悍的水手；安逸的环境造不出时代的伟人。”越是困难大、矛盾多的地方，越能磨砺品质、考验毅力、增长才能，“志不求易者成，事不避难者进”。斗争是最好的磨练，与消极腐败斗争磨练忠诚，与艰难困苦斗争磨练意志，与贫穷落后斗争磨练能力，与歪风邪气斗争磨练品格。斗争的过程就是磨练的过程，“吃得苦中苦，方为人上人”，洗尽铅华始见金。

斗争精神，是中华民族自强不息的强大精神基因，也是中国共产党人的鲜明政治品格。反映到实践层面，就是不畏艰险、积极进取，坚忍不拔、锲而不舍、敢于碰硬、敢于较真、不在困难面前低头、不在挑战面前退缩、不在矛盾面前躲避，始终保持如钢如铁的斗争意志。然而，冷眼漫看当今现实，斗争精神似有隐忧。比如，有的不敢斗争，一说斗争就发慌甚至恐惧，总想着一团和气、你好我好大家好，当老好人、做开明绅士，对不当言行不敢批评，对错误行为不敢纠正，对矛盾挑战不敢面对。比如，有的不愿斗争，事不关已、高高挂起，矛盾积累一大堆也不去处理，问题积压一大摞也不去解决。比如，有的不会斗争，优柔寡断、贻误战机，鲁莽行事、草率作战，能力跟不上形势需要，面对新情况新问题束手无策；有的不懂斗争，一说斗争就庸俗地认为是不同人或不同群体、组织之间为了争夺各自利益而进行的争斗或争夺，对在新时代继续发扬斗争精神认识不足、理解不深。

当今世界面临百年未有之大变局，前进道路上不可能一帆风顺、一马平川，各种斗争不可避免。纵有千难万险，也要义无反顾、勇往直前，明知山有虎、偏向虎山行。要将斗争之“刀”在意志的“坚定石”上磨砺。斗争是对信念、意志、毅力的考验，要敢于挑最重的担子、啃最硬的骨头、接最烫手的山芋，敢于善于跟前进路上遇到的各种困难、风险和挑战做坚决、彻底的斗争。要将斗争之“刀”在本领的“增强石”上磨砺。讲究斗争方法、斗争策略和斗争艺术，既要有硬功夫，又要有巧办法，增强同贫穷落后斗争的本领、同困难矛盾斗争的本领、同歪风邪气斗争的本领，增强夺取各方面重大斗争胜利的本领。要将斗争之“刀”在经验的“积累石”上磨砺。有组织、有计划地把更多的干部放到重大斗争一线去真刀真枪磨砺，经风雨、见世面、长才干、壮筋骨，强弱项、补短板，学真本领、练真功夫。要将斗争之“刀”在信心的“提振石”上磨砺。狭路相逢勇者胜，斗争贵在勇敢和胆识，要准确把握大局大势，科学预见形势发展的未来走势、蕴藏其中的机遇和挑战、有利因素和不利因素，透过现象看本质，从而洞察先机、抓住要害、把握分寸、趋利避害，抓好战略谋划，赢得战略主动。

“刀不磨不锋利，人不磨不成器”。置身新时代，处在“船到中流浪更急、人到半山路更陡”的时候，任何贪图享受、消极懈怠、回避矛盾的思想和行为都必须摒弃。贫困要靠斗争消灭，歪风要靠斗争扫除，胜利要靠斗争获得，要将斗争进行到底，保持敢于斗争的风骨、气节、操守、胆魄，在投身新时代伟大征程中，淬骨练魂，脱胎换骨，不断夺取伟大斗争新胜利。

原载于《当代贵州》2019年第5期

铁杵磨成针

“铁杵磨成针”是一句老话。话虽老，理恒新。传说李白因此而开悟，成就了一代诗仙。其前提是“只要功夫深”。由此推而广之、论而深之，即“世上无难事，只怕有心人”。含藉一个深刻的道理，即要做成一件事、成就一番业，“决心”具有决定性。真正下定了决心，世上就没有办不好的事，困难总是可以被决心克服。毛主席的词《水调歌头·重上井冈山》，由登黄洋界而回顾历史，从俗语升华词句“世上无难事，只要肯登攀”作为结尾，词境陡然提升，揭示深刻哲理，激励人们以“攀登”精神有所作为。

纵观千百年历史，每个人要想成就一番事业，就必须心无旁骛下一番“磨”的苦功夫，正是民歌所唱，“樱桃好吃树难栽，不下苦功花不开”。山河作证，日月可鉴。苦心人天不负，有志者事竟成。有神话为证，盘古开天、女娲补天、伏羲画卦、神农尝草、夸父追日、精卫填海、愚公移山……有历史为证，若无每日闻鸡起舞坚持不懈的毅力，那么祖逖又怎能北伐中原而名垂丹青？若无长年笔走龙蛇而墨染池水的功夫，那么王羲之又怎能挥毫盖世而被尊书圣？若无半生钻研演算而草稿盈筐的血汗，那么陈景润又怎能摘取数学明珠而享誉世界？功夫不负有心人，必得方向明确，用心做事，久久为功，行稳致远，才能把大事做圆满、把小事做精细、把难事做稳妥、把“分内事”做出高水平、把“分外事”做出高境界。

从“铁杵”到“针”，是一个事物发展关联的过程，有其系统性和完整性，提示我们在强调“磨”的毅力和恒心以成大事时，要始终明白有“根”有“源”才是符合发展规律的必然进程。天雨大，不润无根之草；商道宽，只度有心之人。有心人，遇事多动脑筋，做事多个心眼，难事多点坚持，凡事三思而后行，循根而前行，才会有真正的坦途在眼前。追根溯源的生发，要循善心之道，磨砺自我的人生心性。

善心是善行的出发点，善行是善心的结果。巴金先生有言："你的前途是很幸福的，你有青春，你有生命力，你有无限的善心。"择其要，磨砺爱岗敬业的事业心，常怀敬业之心、奉献之心，保持耐心、细心、热心，尽职尽责、干一行爱一行，干一行精一行，做到敬业、勤业、乐业。磨砺不甘落后的进取心，保持恒心、专心、决心，勇于发愤图强、敢于迎接挑战，充满激情地奋斗、开拓、进取。磨砺一身正气的廉洁心，常怀敬畏之心、律己之心，保持忠心、诚心、真心，守住为人、处事、用权、交友的底线，始终心有所畏、言有所戒、行有所止，做到心中有党、心中有民、心中有责、心中有戒。

习近平总书记在《之江新语》一书中指出："对待本职工作，应常怀敬畏之心，专心、守职、尽责。"[1] 学贵在有恒，做贵在有心。我想，这也应是一个当下的人，面对现实生活、理想追求如何取得成功，奋发前行"磨"在关键处、"磨"在效益点的要义所在。记得一位当年从事文稿服务、现任地方市长的同仁曾说："写稿子是个良心活，有没有用心一

[1] 习近平：《之江新语》，浙江人民出版社2007年8月版。

眼就能看出来。”从手中事做起，从身边事做起，用什么心就成什么事，有多大心就成多大的事。

“树朽先朽于根，人毁先毁于心”。心怀善念用心观察、努力创造，从根源之上、从内心深处向着目标，保持持续不断的信心、决心、恒心，任何人都有可能把“铁杵”这个“设想”，通过千击万“磨”，变成“针”这个“理想”。

原载于《当代贵州》2019年第13期

我们今天的责任

习近平总书记要求干部：“我们做人一世，为官一任，要有肝胆，要有担当精神……”[1] 对于文艺家，理应作如是观，盖其创作乃“经国之大业，不朽之盛事”。是以，文艺工作者肩负“文以载道、文以化人”职责，培育和践行文化软实力灵魂的社会主义核心价值观，是题中应有之义。

由此决定了，文艺家不能把自己等同于一般社会人，文艺工作者不能等同于一般职业人，“人类灵魂工程师”的崇高责任和使命，必须“铁肩担道义，妙手著文章”。真正的文艺名家，谁不以历史的肝胆和时代的担当独树一帜、昭示后人？比如，叶辛，这位

[1]《习近平在党的群众路线教育实践活动总结大会上的讲话》，《人民日报》2014年10月9日02版。

海内外享有盛名的当代作家，中国知青文学的一面旗帜。《蹉跎岁月》刻画的那个年代一幅幅活生生的政治风俗画，展示的不同类型、不同出身青年的恋爱和生活态度，从而体现的不同理想和追求，对历史的责任深沉而有力。比如，何士光，当年的《乡场上》，再现了边远地区小小乡场上的丰富生活情境，发掘出了农村变革中深层的社会问题和人文底蕴，对社会、人民的深重责任和深厚情怀力透纸背。再如，李发模，30年前从黔北大山之巅，以泪洗面，发出震撼诗坛的《呼声》，至今，那充满良知、正义和真善美的呼声还在人们耳边回响。当今，又以一声《呵嗬》喊出了一个伟大民族在历史隧道穿行的响亮呼号。文艺工作者，必当有文以载道的自觉，担负起文以化人的责任，以凸显历史真实和个人良知的优秀作品勇立时代的潮头。

令人遗憾的是，当前，我们的文艺创作中，颇有一些怪现象，比如，有的为了“挣好处”，寡廉鲜耻，物质至上，只要能捞到好处，什么乌七八糟的“捞什子”都去写，什么凶杀、艳情、迷信的书都敢出；有的为了“博名声”，写文章、出版书，就是为了能够印上自己的名字，扩大知名度，满足虚荣心，“苟驰夸饰，鬻声钓世”；有的为了“赚眼球”，沉迷于“恶搞”，大写特写别人的隐私，片面追求娱乐性，寻求刺激和“笑果”，连基本的伦理道德底线都没有了。这些人社会责任心已经泯灭，更没有担当天下的精神，必将遭受现实和历史的唾弃。

穿越历史，古代士大夫尚且追求“为天地立心，为生民立命，为往圣继绝学，为万世开太平”，崇尚“先天下之忧而忧，后天下之乐而乐”，今天的文艺工作者不是更应该有社会责任感和担当精神吗？这不就是文艺之“道”吗？孔子说：“道不行，乘桴浮于海。”古人云：“道不同不相为谋。”文艺离开了“道”，就会剩下空壳，违背了“道”，定会祸害无穷。文艺工作者要自觉做先进文化的传播者，做引领时代风尚的先行者，把艺术创作融入改革开放和社会主义现代化建设伟大实践，以充沛的激情、感人的形象，反映国家民族的发展进步，奏响时代主旋律。看贵州，欧阳黔森——这位近年来活跃在中国文坛的青年作家怀着对社会的强烈责任感，意气风发地走着自己的创作之路，在全国文坛发出了贵州声音。他的

《绝地逢生》描写偏远山村农民脱贫致富的曲折经历，集中反映我国农村改革开放历程。王华，实力派女作家，多年来坚守着对本土、对人民最朴实的感恩情怀，用她炽热的笔触，抒写着一个个温暖的故事，担当起一个少数民族作家的责任和道义，作品《家园》入围第八届茅盾文学奖。窥一斑而知全豹，贵州一大批文艺家活跃在小说、诗歌、散文、戏剧、美术电影电视、歌舞广阔的创作舞台上，坚守艺术理想、艺术良知和职业操守，牢记文化担当、社会责任和价值追求，用我们熟悉和擅长的各种艺术形式传递真善美，传播正能量，用饱含大爱的笔触抒发人民群众的心声。

千帆竞渡，百舸争流。贵州的发展，正快步走在后发赶超，加快全面小康建设的重要阶段，为我们文艺家的创作提供了难得的历史机遇。让我们勇于担负起历史时代赋予的光辉使命，为实现中华民族伟大复兴，努力创作出无愧于时代、无愧于民族、无愧于人民的洪钟大吕，在中国梦闪烁的美丽天空中绽放绚丽的文艺礼花。

原载于《贵州日报》2014年10月17日

诚信是金

在国家勋章和国家荣誉称号颁授仪式上，习近平总书记将功勋模范们的品格总结为三点：忠诚、执着、朴实！“今天我们以高规格褒奖英雄模范，就是要弘扬他们身上展现的忠诚、执着、朴实的鲜明品格”[1]。忠诚是英雄模范们“一生的努力”，弥足珍贵。讲仁爱、重民本、守诚信等思想，不论过去还是现在，都有其永不褪色的价值；党员干部就要自觉“讲诚信、懂规矩、守纪律”。诚信是人类社会的基本道德规范，是中华民族的传统美德，也是现代文明的基石与标志。24字社会主义核心价值观中，诚信是重要内容。

---

[1]《习近平在国家勋章和国家荣誉称号颁授仪式上的讲话》，《人民日报》2019年9月30日02版。

大道惟诚、无信不立。诚信是人的立身之本，是社会存在和发展的基石。诚信即诚实与守信，诚是真实不欺，信是遵守诺言。“信”由人字旁加一个言组成，指人说话要算数，言而有复、诺而有行。《论语·为政》：“人而无信，不知其可也。”这是一个全方位的评说，一方面是内在的禀赋，即内诚于心，主体要具备真诚可信的内在的道德品质；另一方面是外在的体现，外信于人，主体内诚的外化。是以，诚信当归于自然的规律，追求诚信当是做人的规律。孟子说：“诚者，天之道也；思诚者，人之道也。”这也正是合于“天人合一”的理念。

诚信在社会表现上的要义在于真实无欺不作假、真诚待人不说谎、践行约定不食言。子贡问孔子如何治理政事，孔子说“足食，足兵，民信之矣。”子贡又问，如果只保留一条是哪条？孔子答：“自古皆有死，民无信不立。”“一言既出，驷马难追”“立木为信”“一诺千金”“与朋友交，言而有信”，等等，中华民族历来讲求诚信。其中有交友之道、经商之道，也有从业之道、治国之道。从明代中叶到清代，作为十大商帮之一的徽商，独执中国商界之牛耳，靠的就是“经营信为本，买卖礼为先”，以诚待人，以信接物，以义为利。《庄子·杂篇·渔父》：“不精不诚，不能动人。”精诚所至，金石为开。

把诚信作为衡量一个人是否能立身于世的支撑要素，是我们的一个重要传统。一个人具备了方方面面的优点，基本的要求还是落脚在诚信“诚信为人之本”。《左传·文公十八年》：“昔高阳氏有才子八人，苍舒、隤敳、梼戭、大临、尨降、庭坚、仲容、叔达，齐圣广渊，明允笃诚，天下之民，谓之八恺。”这八人，率心由道、举措皆中，博达众务、庶事尽通，器宇宏大、度量宽宏，知能周备、思虑深远，旷代而不一见也，确实很优秀。但这里更要注意到的是，“明允笃诚”是其基本品质——明察而诚信，切实忠诚!

“车无辕，而可行，人无信则不应”。只有诚恳老实，有信无欺者，才具有高尚的人格力量。如果当面说一套，背后做一套，表里不一、心口不一，说假话、干花活、报虚数，热衷搞形式主义、做表面文章，必然影响自身形象、损害他人利益。要重视个人信用，真诚待人对己，恪守诺言约定，求实不骗人、求是不作假、对己不自欺。而利他性，则是其另一重要因素。雷锋同志坚持“自己活着，就是为了使别人过得更美好”。要培育诚信文化，加强诚信教育，以制度力量培育诚信自觉，构建“一处失信、处处受限”的信用惩戒大格局，让失信者寸步难行。要营造诚信氛围，形成不能失信、不愿失信、不敢失信的制度环境，营造守信光荣、失信可耻的良好氛围，让诚实守信成为全社会共同的价值追求和行为准则。

人无信不立，企无信不振，政无信不畅，国无信不兴。成功源于诚信，做人就要言必行、行必果。

原载于《当代贵州》2019年第44期

向善，我们坚守的选择

在物质化雾霾迷漫的当今文化中，坐落在风景如画的花溪河畔的贵阳孔学堂，标志着良好文化生态建设的一种努力，或许，这对未来解决一些人精神层面的“危机”“虚无感”提供了一种引领，似乎看到一缕令人欣喜的曙光。

儒家因孔子而来，经数千年历史沧桑的中华文化基因里，儒家文化密码是最重要部分之一，中国乃至亚洲许多地区都与此文化遗传关系密切。家喻户晓的“人之初，性本善”，我们从实践、理论的高度去领悟，从人作为人的深层次去理解，会发现这里面涉及一个很重要的问题就是文化。“性本善”一个极为重要的判断，人类发展延续繁衍，由蒙昧走向文明，不断创造着物质和精神的辉煌，证明着“善”是一种由历史实践而来的建设性的“正能量”，是生生不息的。要是没有“善”的原动力，人类文明真不知从何谈起。

以“善”为基础处理好社会人际关系，倡导各得其所，和睦融洽，迈向人类大同，历来是一种广泛的共识。有人说亨廷顿死了，该请出中国的孔子了。这句看似不经意的话，把文化“冲突论”与“和谐论”做了一个倾向性的评价。这就难怪1988年，有75位诺奖得主聚集巴黎，提出“人类要在21世纪生存下去，必须回到2500多年前的孔子那里去汲取智慧”的号召了。当今，孔子学校可以遍布世界，我们不得不感慨，儒家的“善”文化何其大哉!

“善”是一种美好的愿望，更是一种积极的实践——“向善”。“为善最乐”是一种思想文化的境界。“为善如登，为恶如崩”，登高则难，崩下则易。“向善”需要付出艰苦的努力，需要在传承优秀文化中与时俱进、身体力行，美好愿望才可能成为现实。在这一过程中，我们要善恶分明，有慈善之心。每个人的灵魂世界，心就是一扇门，把“小人”拒之门外，“君子”才能登堂入室。一个人的成就不是以金钱和地位来衡量的，而是你一生中善待过多少人，有多少人怀念你。当你的“向善”的作为和能量对社会产生了影响，哪怕只有一丁点，也足以无憾于生命和人生。

文化是民族的血脉，是人民的精神家园。当暴力和血腥粉墨登场的时候，文化的“向善”就只能退避三舍了。失去文化，血脉、精神家园就没了根底，人之所以为人的价值存在和目标取向也就不知所以了，这个人就茫然不知所措了，“哀，莫大于心死”，没有信仰、信念的支撑，看上去是个“人”，其实，基本行尸走肉了。精神找不到安置之所，已无是非好恶之别，只能耽于眼前，及时行乐，寻求刺激。由此，我们似可对草根津津乐道的“杀猪榜”有所知晓，对“纸醉金迷、灯红酒绿”有所体味，对沉溺于赌博的现象有所感悟。

勿以善小而不为。“我”什么样，中国就什么样，我们每个人都在书写着中国的历史。这是“中国新闻周刊”为2013年“影响中国年度人物榜”做小结时的一段话，说得多好啊!“向善”是快乐的、丰富的、给人启发的，让人清醒和警醒的。坚守

“向善”，与自己“安”，与自然“乐”，与大道“游”，为这个世界留下一分宁静与坚持，树立一分信仰与崇高，营造一个精神安顿的家园，开创一个思想放牧的乐园，何乐而不为之？

原载于《贵州日报》2014年1月24日

鸡犬不宁

日常生活中，说到“鸡犬不宁”时，多半带着埋怨或者调侃的情绪，往往不是太过激烈。文献溯源，唐代柳宗元《捕蛇者说》：“悍吏之来吾乡，叫嚣乎东西，隳突乎南北；哗然而骇者，虽鸡狗不得宁焉。”形容声音嘈杂或骚扰得厉害，连鸡狗都不得安宁。柳宗元抨击的对象（悍吏）和包含的民生情怀是明显的，以“鸡犬不宁”做出形象生动的表述，说明“鸡”和“犬”与当时人们的日常生活联系已十分紧密，选择身边物、身边事，最能说明问题，真实可感。要知“欢喜冤家”当是世俗的日常，“地摊烟火”彰显生活滋味，当今之人，谁能想象“世无鸡犬”的日子。

“鸡”和“犬”皆位列“六畜”，这是一件大事情，经历了在生产、生活中人类反复比选和淘汰的艰难过程。“六畜兴旺”的马、牛、羊、猪、狗、鸡，源远流长，夏、商、周三代“六畜”逐渐齐备，表明东方定居农业文化与游牧文化的混合。在春秋战国时代文献中，已见“六畜”概念，猪和马的相对重要性意味着定居农业文化和游牧文化的消长，秦朝颁布的《厩苑律》“盗马者死，盗牛者加（枷）”。从古至今，我们的祖先根据自身生存、生活需要饲养驯化动物，可选范围很宽、种类很多，而“鸡”和“犬”在六席中占两席，其中应该有多少传说和故事啊。

“鸡”和“犬”已融入人们的日常生活，甚至可以说成了人类生活的一部分，从物质的需求到精神的需要，紧紧地连在一起。夜市地摊多有“烤鸡”“卤鸡”“炸鸡”，都是“鸡”的身影。“烤鸡”摊子的烟火中，皮、肠、爪、翅……分部位出售，而喝“鸡汤”则在若干场合出现。“喝口鸡汤，补补身子吧！”这句话可能让相当一部分人耳熟能详。更为奇葩的是，“鸡汤”惊险一跳，曰“心灵鸡汤”。公说公有理，婆说婆有理，作为抚慰剂性质的“心灵鸡汤”从“补补身子”到“补补心灵”，倒也值得关注和了解。对于“犬”的市井含义是一个说不清道不明的话题，带“狗”字的骂人语不知啥时便脱口而出。对于食用或是禁食狗肉至今也“口水仗”不绝。从“宠物”的角度看，鸡也好，狗也好——“肉食否？”很久很久以来，就已经是一个面红耳赤的问题。

在中国人的传统观念中，“六畜兴旺”也代表着家族人丁兴旺、吉祥美好。这种寓意，就在身边，可见可触可摸可听可感，久远年代的沉积，这些“气息”可能已难以觉察，但却实实在在就在“这里”，已然参与了人类社会的构建。早些年代，童蒙时期即知“马牛羊，鸡犬豕。此六畜，人所饲”。春秋时期，思想家老子在表述他的主张时，借之以“鸡犬”，《道德经》第八十章有言：“邻国相望，鸡犬之声相闻，民至老死不相往来。”彼此可以望见，鸡狗叫声可以听见，然，各行其道，各行其是。以浅寓深，以形象蕴道理，每时每刻都促使人们思考“大道”之事，真智慧人语也。“鸡”和“犬”对人类历史、文化的介入是很深的，有时甚至十分直接，比如“鸡鸣狗盗”对历史事件的影响（《史记·孟尝君列传》）；比如“鸡犬升天”对社会文化的影响（《神仙传·刘安》）。当然，“乡愁”中村妇“吆鸡撵狗”的情景，可能已经只存在于上了年纪的人的记忆中了。

世俗生活需要“烟火气”，“鸡犬不宁”式的“欢喜冤家”填补了多少生活甚至生命时光的缝隙，热热闹闹、和和谐谐、高高兴兴、轻轻松松，“咱老百姓真高兴”。然而，毋庸置疑的是，追求、愿景、远方、信仰、理想……具有“真善美”内涵的价值体系的构建和景行，这个严肃而长远的问题，却也需要深思而不可有须臾的麻痹。

不敢康

一

“不敢康”，众口传诵、白纸黑字记载，已有两三千年的历史。这简单的三个字，时间并未将其湮灭，而是在历史长河的风浪惊涛中愈发厚实耀眼。放在当今时代，对现在社会的人，其内涵的警策力量也是深重而强大的。这是一种“要求”，更是一种“自觉”，是人类社会生生不息的营养和良药。

释其义，并不复杂，不外乎“不敢安乐享受”之意；而当年提出和宣示这个概念，我相信，是费了大工夫的，当然也有“时代”的氛围和动因，也应是与此地此民长期的习俗、素养和经历的各种重大事项，甚至生死攸关的严酷考验相关。

二

“不敢康”，句出《诗经·周颂·昊天有成命》。

昊天有成命，
二后受之。
成王不敢康，
夙夜基命宥密。
於缉熙！
单厥心，
肆其靖之。

这是一首祭祀颂诗，叙述了周初三王对周王朝做出的贡献，重点赞扬了周成王为完成先王事业所做的努力。成王乃西周第二代天子，声望仅次于文、武二王，后世记载，其与其子康王齐名，史称“成康之治”。《史记·周本纪》曰：“成康之际，天下安宁，刑措四十余年不用。”天下之所以安宁，正是因为“成王不敢康”“夙夜基命宥密”，不搞那些安乐享受的事，全力以赴，朝夕谋划政教以安民，宽仁宁静，一心敬业。这是历史经验总结，也是对为政者的严格要求。

《诗经》是中国第一部诗歌总集，这首《昊天有成命》，全诗仅一章，只有七句，是《诗经》中最短的篇章之一，但诗题却是《诗经》中最长的，语言简洁，无韵成诗。《诗经》收集了西周初年至春秋中叶（前十一世纪至前六世纪）的诗歌，共311篇（一般会讲305篇，因其中有6篇只有题目，没内容），反映了周初至周晚期约五百年间的社会面貌和时代特征，在内容上分为《风》《雅》《颂》三个部分，《颂》是周王庭和贵族宗庙祭祀的乐歌，《诗·大序》曰："颂者，美盛德之形容，以其成功告于神明者也。"这里的天下情怀，民生相乐，重责肩负，其精神文化的内涵久远而愈彰也。

三

纵古揽今，"不敢康"里蕴含着强烈的忧患意识，一种责任、一种担当，内心的关注超越自身的利害、荣辱、成败，对人类、社会、国家、人民可能遭遇的困境和危难时刻警醒，正确认清形势，在保持清醒的头脑和奋发有为的精神状态中，始终保持战胜困境的决心和勇气。苦难深重的民族，历经磨难勇敢向前，在个人与集体、国家的关系中，孰轻孰重是有杆“称”的，在个体的忧患中更倡导忧国忧民，“先天下之忧而忧，后天下之乐而乐”“天下兴亡，匹夫有责”，始终认为“忧劳可以兴国，逸豫可以亡身”。历史经验告知我们，自觉增强忧患意识，有利于认清发展阶段，有利于未雨绸缪掌握迎接新挑战的主动权，有利于强化“空谈误国，实干兴邦”，求真务实，扎实作风。

遥想当年，北宋名臣、政治家、军事家、文学家范仲淹，书写《岳阳楼记》，其心其情其力，所思所想，栩栩如生。读到“不以物喜，不以己悲。居庙堂之高则忧其民，处江湖之远则忧其君。是进亦忧，退亦忧。然则何时而乐耶？其必曰‘先天下之忧而忧，后天下之乐而乐乎’”——令人慨叹。以为强调的是，尤其为官从政者，应把国家、民族的利益摆在首位，为祖国的前途、命运分愁担忧，为天底下的人民幸福出力。由个体之忧而及群体、及国家、及民族，其政治抱负、胸襟胆魄自然流露凸显，做官时担忧老百姓的事，不做官时为国君担忧，进入朝廷担忧，退处江湖也担忧，强烈的忧患意识注定了范仲淹是一位“不敢康”的典范，其名句千古流芳也属必然！

四

“不敢康”的骨子里，联系最紧密的，非“底线思维”莫属。这种典型的后顾性思维取向，注重对危机、风险、底线的重视和防范，“众目睽睽，如履薄冰”，管理目标上侧重于防范负面因素、堵塞管理漏洞、防止社会动荡，起着“最起码保证”的作用。其“向上性”“长远性”，使“全局观念”“可操作性”得以强化，而价值取向上更加注重人为因素，尽可能避免因政策、措施、管理的疏忽引来祸害，从减少负面影响来推进历史社会不断向前发展。因此，对领导者和管理者，必须“不敢康”，必须“夙夜敬止”，心存谨慎，在处理具体事项事务中，突出问题导向、防控风险、积极进取而深入思考：底线在哪里？突破这些底线的后果会怎样？防范的主体是谁？守住底线的措施是什么？这是一种基本的要求，系统地、综合地、源头地摸排思索、分析研究，把底线意识牢固树立起来，系统排查全面防守，履行职责具体深入地抓好落实，还要“弹好钢琴”，完善公共政策配套体系、重视舆论作用，等等。

五

“不敢康”的前提是要立足于“公”。离开“公”这个标尺，恐怕就难以建立原则和道德的约束。而且就个人在社会阶层中所处的位置而言，其要求也是不尽等同的。首先，“大公无私”应该是至高的，完全为人民群众利益着想，毫无自私自利之心，秉公“行政”，办事公正而没有私心，集体利益放在首位并尽心竭力谋取之，毫无个人打算，真正做到“至公无私”。其次，“公而忘私”，不是“无”而是“忘”，为了公事而不考虑私事，为了集体利益而不考虑个人得失。诚如《汉书·贾谊传》言：“故化成俗定，则为人臣者主耳忘身，国耳忘家，公耳忘私，利不苟就，害不苟去，唯义所在。”再次，“先公后私”，以公事为重，然后考虑私事。《三国志·魏志·杜恕传》有载：“忧公忘私者必不然，但先公后私即自办也。”对握有公权者，在“公私分明”中“公事公办”是一个基本要求，是严肃认真的，耽于享乐必然坏事。

六

执政者“不敢康”的素养并非横空出世、凭空而来，需要“历练”，甚至是严酷而全方位的“砥砺”。我们来看一看孟子老先生那一段耳熟能详的论述。“故天将降大任于是人也，必先苦其心志，劳其筋骨，饿其体肤，空乏其身，行拂乱其所为”。“天”要将“大任”降临在某人的身上，必先对其心志、筋骨、体肤、身、为各方面来一番“折磨”，进行“激励”，增强“耐性”，提升“能力”，这是历史和事实证明了的有效途径。你看，“舜”就发于畎亩之中，“傅说”举于版筑之间，“胶鬲”举于鱼盐之中，“管夷吾”举于士，“孙叔敖”举于海，“百里奚”举于市……都是这样走过来的，成长历程充满艰辛困苦，言之于“国家”，道理也是相通的。经过长期深入的理性思考和提炼，得出结论，要知道，也要弄明白，忧虑祸患能使人（或国家）生存发展，而安逸享乐会使人（或国家）走向灭亡，即“生于忧患，死于安乐”这个大道理！真是“不敢康”啊！

七

“天上不会掉馅饼”，在历史文明传承中，得依靠“自身”。把“不敢康”当作一个文化基因来看，我认为是恰当的，从历史和实践“长河”的总结中，不难看出这是民族优秀品质的一个“底色”，包含着民众特别是社会上层、为政者对“自身”的“自觉”的“自律”，既是“道德”，更是“责任”，恐怕“反求诸己”更多的应在这里体现。我们在这方面的研究尚有待更多的重视。想到一首歌，有这几句歌词——“勤劳勇敢的中国人，意气风发走进新时代……让我告诉世界，中国命运自己主宰”。在“勤劳勇敢”这个关键词中，我们看到了一抹“不敢康”的身影，善哉！诚哉！

思

若有所感

高考这扇门

四十年，弹指一挥间。这“一挥间”，多少青春，多少豪情，多少风起云涌，多少云卷云舒！试看，1977年至2017年，伴随人生路途，感发岁月慨叹的，是耸立于历史、社会、文化，杂糅万千众生思绪，堪称当代里程碑的“高考”二字。

高考，浓缩着几代人的青春与记忆，承载着无数人的梦想与追求，成为一扇攸关个人、国家、民族前途未来的命运大门。漫漫人生路，道道寻常门。每个人都会在人生一些特定时刻走过一些特定的门，每扇门的开启都意味着一次人生新旅程的开始。高考这扇门，裹挟着“千军万马过独木桥”的惊人威势，负荷着“一举成名天下知”的无限希冀，承载着“一考定胜负”的沉重压力，成为无数莘莘学子“过五关”“斩六将”的英雄大门！在这扇大门上，满满是历史实践的硕果，满满是勤劳者、奋斗者的笑靥。此时此刻，我们祭奠起青春的大旗，回首四十载风云变幻，向率先开启并守护这扇大门的智者、大师致敬！向“人民的儿子”致敬！

这是一扇明方向、开道路的大门

回想那个时代，人心思定，而现实的嘈杂与喧嚣让人迷茫，何去何从，争论不休。高考横空出世，把年轻人吸引去接受高等教育，让全社会重新重视教育、重视知识，为历史打开一扇大门，为现实摆正一座航标。知青一族有了前行的方向，年轻一代有了奋斗的目标，时代的道路由此延伸，执着于追求文化知识的年轻人，感受到“冬天里的春天”，仿佛看到“太阳升起来了”。1977年，570万年轻人奔涌而至。“考上理想大学，成就完美人生”成为学子们的共同梦想，为了这个梦想，披星戴月、风雨无阻、并肩作战、休戚与共，冬日雪地上留下深深浅浅的脚印，秋风瑟瑟中留下灿烂明亮的笑脸，夏雨滂沱留下坚定无畏的身影，春寒料峭中留下执着追求的声音。

如果鲤鱼跃过龙门可以成龙成凤，那么学子们跨过高考这道门槛，必定开辟一段辉煌的人生。通过高考这扇门，多少嫩苗成了栋梁，多少娇花成了硕果，多少冥顽之童因高考而成熟，多少贫寒之家因高考而得福，多少莘莘学子通过高考走在了康庄大道上。多少人欢呼雀跃啊！四十年来，全国参加高考人数累计达到2.08亿人。

这是一扇增活力、破固化的大门

“问渠那得清如许，为有源头活水来。”高考使我国教育走出了那个时代的歧途，从源头上做了彻底的改变，一批批满怀梦想、充满活力的年轻人，不分贫富贵贱地进入大学这个熔炉锤炼，肩负着国家、民族的使命投身社会和时代的洪流中，持续不断地改善和完善着社会经济的构成。无数学子用十二载或者更多的时间为推开这扇门卧薪尝胆、殚精竭虑，用“海到无边天作岸，山登绝顶我为峰”的壮志豪言为自己的梦想和未来义无反顾地奔波前行。通过高考这扇门，一张考卷打破阶级出身的限制，一次考试打破社会阶层固化的藩篱，提供机会面前人人平等的竞争舞台，打通底层向上的通道。时至今日，高考仍然是大部分人改变人生轨迹的重要一环，仍然是学子们通向美好未来最通达、最公平的一条道路。四十年来，1.086亿人通过高考步入大学之门，1978年，全国研究生毕业才9人，本专科生毕业16.5万人，而2015年，全国研究生毕业达55.15万人，本专科生毕业达680.9万人，选拔了千百万优秀学子，焕发了我国科教事业的生机活力。

这是一扇走出去、开眼界的大门

在全球化浪潮、“地球村”概念中，一个国家要强大起来，一个民族要屹立不倒，必须有一大批全球眼光、开放视野的高端人才。高考，叩响了留学的敲门砖，打通了连接世界学府的大门。通过高考的拉动，1978年至2015年，出国留学人数累计达404.21万人，学成归国人员达到221.86万人，中国留学生占到世界留学生总数的1/4。总体上分析，随着国家经济实力不断增强，科研环境、创业环境不断改善，吸引了越来越多留学人员回国，越来越多的“海归”创业。据调查，十八届中央委员、候补委员有“海归”背景的人数超过11%。一大批开阔了眼见、增长了见识的留学精英，以极高的创业热情，扎根于国家战略性新兴产业，对我们国家创新驱动发展战略产生了极大的促进作用，为中华民族伟大复兴的中国梦注入了世界基因、带来了全球智慧、奠定了人才基础。

这是一扇聚精英、强顶层的大门

揽天下英才，唯我用之。英才千里马需要环境，需要赛马场，高考的考场就是英才千里马的赛马场。高考，改变的不仅是一批人的个人命运，而且改变的是人才的选拔机制。从那时起，高考作为高等学校连接社会的重要环节而备受关注，高考成为整个国家一年一度的盛大社会活动，高考的意义和价值远远超过了考试招生本身，举国上下逐步形成尊重知识、尊重人才的新风尚，努力奋斗、公平竞争改变个体命运成为新价值。在高考的拉动下，全国普通高等学校从1978年的598所，增加到2015年的2560所，2015年全国普通高等院校专任教师达到了157.3万人。当初在农村、工厂、牧区、学校、营房的年轻人们，因为高考制度的恢复有机会重回校园，成为作家、科学家、领导干部，大批精英人才经高考而出。汤俊等人所著《从我国正部级领导干部学历、专业与晋升关系研究》一文，对领导干部的学历做了分析，高学历在领导干部中的比例与职务高低成正比关系。高考，为党和国家各项事业输送了大批人才精英，优化了人才队伍结构，强化了党政领导配置。

高考，见证着社会变迁，不但镌刻着一代代学子永不磨灭的记忆，也镌刻着一个国家和民族砥砺前行的印记，成为改变一代代人前途的命运之门。十年前，我写下了《精神的旗帜》《我是七七级》两篇文章。我的命运因高考而改变，对于高考，记忆深刻，难以忘怀，高考深深影响了我及我们这一代人及数代人的命运。在知青岁月里，当兵被拒，应招电厂锅炉工、酒厂酒糟工等被拒的经历，始终历历在目，如果没有高考，我的人生将会步入另一个轨迹。同时，可以猜想，我们的国家、民族也将是另一番景象。我以感恩的心情写下这些文字、记述这段岁月，缅怀逝去青春、憧憬美好未来。

让我们享受推开高考大门，阳光洒落一地的那一刻吧！

原载于《贵州日报》2017年6月9日10版

我是鳛部知青

岁月蹉跎、时光荏苒，知青渐渐成了一道历史的烙印，刻在我们这代人的脑海里；慢慢成了一段青春的回忆，藏在我们这代人的内心深处。作为历史上绝无仅有的特殊一代，知青二字蕴含多少政治经济文化社会的因子，饱含多少爱恨情仇悲欢离合的思绪。这“鳛部知青”——在习水或上山下乡于习水的知识青年群体，在我眼里，就是茫茫群山、千崖万壑，就是一群会飞的鳛鱼、天光云影。

在追忆往事的碎片里，在梳理走过的历程中，豁然发现一生中最难忘的岁月，竟是那段青葱时光里的知青岁月；一生中最难以割舍的情结，竟是那份艰苦岁月中的知青情结。鳛部这片深沉的土地上，有多少知青的眼泪、茫然，心疼、纠结，梦想和幻灭、贪萦和牵挂……哪怕至今，那段难忘的生活依旧刻骨铭心，无法抛却，依旧魂牵梦萦挥之不去，时时激荡在我的记忆中……

我为“鳛部知青”的沧桑年代而沉重。时势不由人。“知识青年到农村去，接受贫下中农的再教育，很有必要”。这是共和国史无前例的一场大迁徙。置身其中，无有例外。1975年秋，我被剥夺了在校学习的权利，上山下乡插队落户到习水县东皇区天鹅公社大湾大队大茶湾生产队大土头农家。犁田打耙、插秧挞谷、薅草上肥、扯豆交粮，战晴天、斗雨天，橡胶雨靴把脚脖子摩擦得鲜血淋淋，一直到1978年清明前夕。从1966年8月首批48名知青插队落户开始，到1978年，习水县共有上山下乡知识青年3850人。他们有的中断学业、有的背井离乡、有的远离父母，将流之不竭的汗水和泪水洒在那一片田野，将一生中最好的花季容颜驻足在那一块土地，成为狂热与消沉、惶惑与挣扎、失败与成功、泪水与欢笑交织的一代，成为那个沧桑年代特殊的名字、时代的烙印、民族的记忆。

我为“鳛部知青”的峥嵘岁月而感叹。知青生活实际上是难以描述的。简化为小朋友式表达：每天伴随着东方升起的太阳，起床、洗漱、吃饭、下地，辛勤劳作一天之后，便又目送落山的夕阳，怆然地进入梦乡。日复一日，月复一月，年复一年。记得上山下乡的第一个冬天，我所在的公社就赶上修路，身高体壮的我，一件显得短小紧窄的棉袄用草绳扎在身上，每天扛了把二锤，打眼装药放炮，那二锤挥舞起来，一敲就是一天。消耗是惊人的，每日三餐，每顿一斤米的饭，还总觉得饿。在这里，我第一次感到生命的勃发与年轻的苦闷。既有初生牛犊的快乐，使不完的劲、用不尽的力，也有成长的烦恼与无奈。时而豪情万丈，心潮激荡，时而心灰意冷，抔土为山……在艰苦的劳动中，在生活的风雨中，在与命运的抗争中，那里也回馈给我永久的烙印：锻炼了我强壮的体魄、不怕苦累的精神、任劳任怨的品格、脚踏实地的作风、不畏艰难的勇气。

我为“鳛部知青”的责任担当而自豪。上山下乡的经历，恶劣的生活环境、繁重的生活劳动、严酷的政治考验、巨大的心理压力，磨炼了知青们坚毅刚强的意志品质、顽强拼搏的奋斗毅力和勇于担当的精神风貌，使广大知青不怕吃苦、不怕挫折，养成了“给点阳光就灿烂，给点水分就发芽”的乐观性格。他们之中，有恢复高考后及第升学的，有光荣入伍参军的，有被招工录用而走的，也有在这里落地生根的。但无论身在何方、身事何业、身居何职，知青们都自强不息、奋斗不止。几十年走来，很多知青如同破茧羽化般大有作为，成为各行各业的精英和国家栋梁之材。如今，我们这些知青已步入了花甲之年，大多还在坚强地为家庭忙碌着、为人生努力着、为社会奉献着。竹竿舞、水兵舞、带老人、盘[1]孙孙……不亦乐乎！

我为“鳛部知青”的神秘故里而骄傲。“鳛”，从遥远的“鳛魚”“鳛人”“鳛国”“鳛部”“鳛水县”一路走来，距今已有约5000年漫长岁月。这一独具魅力和生命力的字符、名称、图腾还历代沿袭，扎根于今天的习水大地。今习水以及毗邻地区境域的原始先民们世世代代将“鳛魚”奉为上敬天神、下镇邪怪、中兴族人的神圣灵物和崇拜图腾，将产有“鳛魚”的河流称之为“鳛水”，生活在“鳛水”流域的早期原始先民后来成为了“鳛

[1] 盘：贵州方言，养育、逗弄的意思。

人”，建立了历史上鲜为人知的“鳛国”。春秋战国时期的部落鳛国，成为习水历史长河中最为辉煌、灿烂、风光、荣耀和卓立的篇章之一。这个把历史沉淀在悬崖上的民族，在华夏边陲开疆拓土几千年，而又突然间销声匿迹，在词典里难以找寻，却缔造了远古伟大的“鳛部”“鳛国”。遥想当年，时看今朝，顿觉豪气中升、神采奕奕。

回溯知青岁月，叙述“鳛部知青”，令人回忆、引人思索、给人启迪。每一个知青的经历，都是一个故事，每一个这样的故事，共同折射出当年的时代印记。虽然那个时代已经久远了，但这一代人的深刻印记永远都不会淡漠，逝去的年代总还有值得珍惜的东西……

原载于《贵州日报》2018年12月28日

知青故事五则

天鹅池畔残秋夜

窗外翡翠般的叶片上，轻轻落下最后一滴晶莹的露珠，坠入深深的梦境，回应了一声沉沉的钝响。不知是浓的雾还是淡的雨，天鹅池笼罩在濡湿的空气中。

贵州地图的北面，赤水河的东部，崇山峻岭里，就是天鹅池（行政区划属习水县东皇街道）。美丽的名称与其知名度成反比，大大小小的石块和褐色的泥沙串成了弯弯曲曲的小道，暗绿色的苔藓点缀其间。翻过芋头坳，斜走兴隆埂，纵穿大田坝，爬上柑木树，绕下大茶湾，然后，你的面前便是万丈对峙的峰峦，小道隐隐约约地出没于石峰之间，蜿蜒地飘向远方。视力所及，如幻如影的天鹅池足以使你精神一振。

许多曾经经历的事皆已忘却。人们需要忘却，不然，脑海里哪会有许多的空灵。然而，有些事却忘不了。咀嚼平凡也能体味到一丝哲理的余韵——这就是已经拥有了的生活。那位好客的罗大爷，总是不厌其烦地讲述他年轻时帮工所吃过的各种酒宴。他近八十岁，宽阔的脸膛，雪白的胡须，行动已有些笨拙了，但每一个动作都极准确。炭火火旺旺地燃起来，映着被烟熏得油黑锃亮的屋顶。扑闪的反光，像是飞舞着三三两两的萤火虫。夜晚的风格外猛，让人怀疑是那位埋葬池畔的清末雅士在讽吟。亡魂的墓碑上有“面对万顷湖，弹琴不用弦”的对句，难道四野响彻着天鹅最后的歌声吗？

朋友们都入睡了，我还在不可思议地想着整整一木盆辣椒炒肉，还上了一道独特的菜——一只干辣椒在柴火灰里烘焙十数秒取出，浸米汤后入罐子裹上盐，然后食用，名曰“蛐蟮钻沙”，其风味辣、焦、热、冲。当我咬第一口时，一股强烈的热辣气流直扑鼻子眼睛，继而泪涕俱下。罗大爷微笑着，告诫在吃时注意屏气，不要急躁。想想也是，烘焙后的辣椒，气体膨胀，甚至有贮藏煤灰，随通口而猛出，情在理中，不得不防。罗大爷的微笑充满自满自足，他那身怀宰猪绝技的儿子使老人家在乡邻八方添了不少光彩。每次宰猪，儿子总会割下一条二指宽、五寸长的边油，高高举起，送入口腔吞下，不用牙，然后喝一口红苕酒，吃几瓣蘸满辣椒粉的大蒜，再呷一口酒。那威风和气派，谁不倾倒。

屠户被人亲切地称作“杀猪匠”。同行的朋友则自呼为“教书匠”的一伙。满肚皮男女故事的罗江云、连吃六个糍粑以上的冷光态、不说笑话则已一说笑话则非要让人笑破肚皮不可的王元六，还有一口气可以喝四大碗老米酒的王志久。我总不如他们，故事赶不上江云，胃口大不过光态，笑话吹不过元六，酒量逊色于志久。不过，大家都会记得我。当朋友喝酒叫“醉”时，我说：“醉——安逸。”醉、最音同韵同，有点儿机智，被捧为名言。

天鹅池有许多动人的传说，然而，窗外的晨曦已吹响了号角，把一切都推向了未来。只是在余音里，我听到隐隐的回声，在呼唤着山里的淳朴、山里的狡黠和山里的过去。

急风骤雨山村夜

上午，正在办公室里批改作业，进来一位高挑个儿，高鼻梁上架一副深色边框、方形眼镜的老人。骤然有一份意外的惊喜，他竟是阔别了近二十年的冷老师，音容笑貌依旧，只是头发已花白。说到工作，仍然是那句老话："教书就要教出个样儿！"

我第一次听到这句话是在十多年前一个急风骤雨的夜晚，那时，我走上教学岗位不久。

夜幕降临，风逼着窗户，糊窗的毛边纸胀起凹下，发出"噗噗"声；雨随风，密一阵疏一阵，洒在屋顶的瓦片上，"沙沙"作响。煤油灯火苗伴着我批改学生作文，可总是走神，心里惦着冷老师。

冷老师并不冷，很热情。尽管他当时四十岁上下，可山里人都叫他"老冷"，教书匠圈里则称他为"冷老"。他学问深，为人好，做事主动。什么事情到了他手里，总是弄得巴巴实实的。

夜已很深，楼板上突然极响亮地传来平衡而带一点沓的脚步声。旋即，有人敲门。必定是冷老师，他是这儿唯一先敲门而后才推门的人，相处时间尽管不长，但我知道冷老定会来寝室聊天。长期住校的老师，就我和他，人本来不多，相互聊聊可以解闷；更何况，今晚他刚从县城里赶了几十里山路回来。

进得寝室，冷老像往常一样，脸上挂着令人亲近的微笑，只是镜片后的眼神有些异样。我拿出“蓝雁”牌香烟，冷老拈了一支，在指甲盖上敲敲紧，用铁丝做的火夹送一枚炭火点燃了香烟，深吸一口。炭火旺得锃红，锑皮茶缸里冒着水汽，我俩无语。

平时见面话很多，今夜有些不寻常。

一根烟几乎抽尽，冷老挪下踏在火盆上的脚，取下白边布鞋，将后跟理理顺，放在一边，盘了脚在木条凳上，突然说家里有女儿了。

我一听，先是一愣，接着大叫一声好。冷老年过不惑得千金，实在可贺。他家庭成分“不好”，一直受排挤，好在他淡于声名，倒也自在，如今有了女儿，标志了生命的延续，对他来说，确实当喜不自胜。

话匣子打开，便不可收拾，像我们常有的情形，话题天南海北，历史政治，只要能“聊”就行。尽管我俩伴着急风骤雨口若悬河，滔滔不绝，却有一个话题从未涉及，那是当今人的大热门——“钱”。

山里人不会忘记冷老师。他兢兢业业于教育，默默奉献，几十年如一日。山里人会记住他，另一个原因是他当年创下的“纪录”：蘸着蜂蜜一口气吃了四两一个的糍粑共计六个。

山妹

那年我十八岁，在天鹅公社教书，山妹住在天鹅池畔，在我班上读书。她眼睛不大，鼻子小巧，薄嘴唇，淡眉毛，有一对细小发黄的辫子，她的相貌很不起眼，但浑身上下却透射着一种很有吸引力的山的灵气。

山妹叫罗小妹，说是小妹，其实是家里的老大，家里还有一溜串的三个妹妹和一个小弟。

农户人家当老大不容易。“大带小”的规矩使老大的事务和责任都格外地沉重，当然，所谓“穷人的孩子早当家”，这老大也就格外地成熟得早，其练达与那小小的年纪不相称。

因此，尽管山妹才读五年级，可是她的为人处世已完全达到了中学毕业后的水准，她尊敬老师是出了名的，每至年节，必会给都老师们带一点土产什么的来。更令人惊异的是她把各任课教师的生日记得很准，到时，她定会请老师去家里喝一碗米酒。

因为这，我对山妹有极深的印象。她家的房子是木结构土砌墙的，除了大门和一道小后门，便只剩下左右前后四只小窗户透光。她做作业，是把桌子摆到屋檐下进行的，那桌子坑坑洼洼，平日里用来剁猪菜和摆饭吃。做作业时还要兼带看管“拖车队”——那几个在院坝里打滚的或是趴在蓑衣上的妹弟们。

学习的艰辛可以想象，而当地流行“儿子可以防老，女儿是泼出去的水”的看法，使女娃娃在学习之艰苦外还要加上生活之苦和劳作之苦，对罗小妹来说，算得幸运的是她家里还没有坚决地不让她读书。

冬日，山区的冷甚为欺人，酷寒向着骨头里面渗。这季节里，山妹像山里的其他孩子一样，带着一个破了洞的搪瓷缸子，走两三个小时的山路来上学。山路泥泞，容易摔跟斗，孩子们的脚上便都套有一副防滑的、用草绳编织的“脚马儿”，那缸子里，生着“炭子”；那“炭”，是用灶堂里烧到无烟发红时的柴放到坛子里焖熄而成的，这种“炭”的烟较多，故教室里常常烟雾腾腾，教师们因此而常常“泪流满面”，惹得同学们阵阵窃笑。木板隔夹的墙，缝口多，保温差，寒风总是逼得很紧，相比之下，教师们都宁愿要烟雾而对寒冷退避三舍。

一天，我很惊讶地注意到，冬天的山妹仍然赤着脚，每至课间休息，她便到厨房里的灶堂前把脚伸到柴灰里取暖。由于她的叔爷在食堂，使她拥有这一特权，其他一些赤脚孩子，简直妒嫉得眼睛发红。

在一个休假日，我赶回城里，偷了我妹妹的一双胶鞋，回来后很严肃地命令山妹穿上，大小正合适，她穿着这双解放鞋感激地看着我的时候，我心里的喜悦之情真难以用言语表达。

算起来，到现在，罗小妹该是二十七八岁的女子了，山妹如今何在？这个问题像把锁，沉重地挂在我的心间。

沉重的山路

从习水向西，翻箐口，过羊九，转南向，有一条山村公路。路的尽头是一个叫“天鹅池”的地方。一位诗人说这蜿蜒于青山沟涧之间的路像一条美丽的绸带，可是对于我，却像一支蛇矛，扎在心窝深处。

一九七五年秋，我上山下乡插队落户到天鹅池。第一个冬天，就赶上修这条路。记得是一个清晨，氤氲雾气弥漫山谷，薄雪撒在已枯黄的树叶上“沙沙”作响，我和一伙农民兄弟踏着泥泞的小道来到了施工现场。

一座破庙，围上晒席，架上木板，垫稻草，铺草席，再加一床被子，十几个人挤在一起驻扎下来。夜晚，肆虐的寒风在这“大房间”里窜来窜去，可农民兄弟们热情很高。并不是因为响应上级号召搞山水林田路而斗志昂扬，说来说去不外乎路修好后到县城赶场可以少花两个钟头的时间，脚也少吃苦。对于我来讲，缩短了回家的路程，也令我兴奋不已。

就这样简单的念头，激励着大家的干劲。身高体壮的我，一件显得短小紧窄的棉袄用草绳扎在身上，每天扛了把二锤，打眼装药放炮。

第一次点炮的经历是难忘的。将燃烧的纸顶在导火线上使劲吹气，待导火线喷出火花时就赶紧离开。点炮是富有刺激性的，大家既害怕，但又都想去。

其实，对有经验的人来说，点炮的紧张和危险并不在点炮的过程，而是点炮后数炮响和排哑炮。那次我点炮后被小队长拉回掩体听炮响，起初很顺利，一响、二响、三响、四响，可第五响没声，大家都竖起耳朵等着。有人悄悄议论："是不是有两炮同时响的？"小队长不吭气，但是看得出来，他比谁都紧张。终于，最后一炮响了，大家松了一口气。如果不响，就要找出是哪一炮，然后把炮眼里的炸药和雷管小心翼翼地掏出来。因排哑炮而死人的事例很多，有时，刚刚到了现场，炮就响了；有时，刚掏出一点炸药炮便直冲而出。我们修那条路的那个冬天，幸好没有遇到过哑炮，小队长说上天有眼。

在我考上大学后的第二个盛夏，天气出奇地热。山里的民办教师朋友来信，说是路已经修通了，进县城很方便。还说第一辆到天鹅池的车是拖拉机，拉了一车秧苗，相当于几十个壮劳力。拖拉机出山时，十来个小伙子搭车进城，在要到羊九公路下坡转弯时翻了车，死了几个人。其中一个是小队长的大儿子，说进城割斤把肉等过二十岁生日时打牙祭。读罢信以至今日的感受都是带着惨痛意味的，但我无法用语言说出我想了些什么。

此后，关于这条路的消息我再也没有获得过。但是在我的脑海里，这条路随时都可能出现。它盘旋着、蜿蜒着，像一个舞蹈着的精灵，倾诉着说不完的故事。

独木桥情结

当我行使在立交桥上的时候，心里却想着乡下山中的独木桥。

那年深秋的一天，枯草在薄霜下呻吟，弯弯曲曲的山路把我引向插队的天鹅公社大湾大队大茶湾生产队大土头家。翻过芋头坳，走过斜斜的兴隆埂，猫腰穿过一片灌木丛，陡然眼前横亘一道山涧。不宽却深，涧底传来流水的嘶鸣，斧劈刀削的岩石挂着一蓬蓬茂盛的蕨草类植物。正疑惑怎么过涧，带路的老农已到了对面。老农头顶斗笠身披蓑衣，似飘过去的。送我下乡的大哥也走向涧边，他背负装满日常用品的大背篼，背篼上还架着一口沉重的大铁锅。当大哥如履平地般过了涧，我才看清山涧的通道是一架独木桥。

独木桥长约五米，是一根直径一尺多粗、一边削成平面的杉木。桥身长着淡淡的苔藓，与山里的色彩浑然一体，不注意就看不出它的存在。我穿着解放鞋的脚踏上独木桥的那一霎间，心就提到了嗓子眼。桥面如深灰色的镜子，给人油光水滑之感，桥下飘着丝丝缕缕的薄雾，涧底的流水透过薄雾不时有星星点点的反光，颇像浓雾中的霓虹灯。桥不像是搭在坚实的岩石上，倒像是浮在空气中，晃摆着，随时都会坠入深渊。老农和大哥越走越远，只剩得模糊不清的背影，他们不可能想象一个小伙子居然会胆怯于独木桥前。

山风呼啸，林涛阵阵，雾霭愈重，寒气逼人。我已焦急万分，心发慌，手发凉，头发晕，说不清道不明的怨和恨涌上心头。然而在空旷的大山中，一个人就像一粒尘埃，无可奈何，只得斗着胆子走向独木桥。才走得两步，就似有一种无形的力量要把我推下桥面，推到一个不可知的地方。于是本能地蹲下来，爬下，弃人之直立行走的优势，手脚并用向前挪动。到了桥中央，偶尔瞟向涧底，感觉失去任何支撑，随雾飘，随山转，不知所以。紧紧伏在桥上一动不动，过了许久才发现并没有发生什么可怕的事，总算松了一口气，循着桥面向前，终于过了桥。

倚着一块大青石，浑身汗水淋漓，腿极度发软、发抖，更不敢回头看那独木桥。

在乡下一待就是四个来月，每天早起支锅煮饭，穿进雾里雨里忙农活，打着赤脚铲田坎，走几十里山路上公粮，点着煤油灯下煤井，提着弯刀上山砍柴，打着松明看点书……那独木桥始终像一条毒蛇嚼咬着我的心。回城的那天，我扛着一个小书柜，小跑似的赶路。奇怪，这一次，竟然是过了独木桥之后才想起这独木桥。

行驶在立交桥上，尽管那独木桥仍像一条蛇不时在我脑海中游动，却更像一条彩虹挂在天边，展现人生体验的斑斓色彩。从此岸到彼岸，心得有一种连接，碰上了独木桥也必须走，不管你愿意还是不愿意，毕竟，我还是走过来了。历程是艰涩甚至难以忍受的，然而它转换的愉悦却是非比寻常，足以让人真正地感到宽慰。

原载于政协习水县委员会编《鳛部知青》，九州出版社2019年11月版

我是七七级

与人闲谈，常常随口蹦出“我是七七级”。常常被反问：“你是七七级？”“七七级”，蕴含多少政治经济文化社会的元素，蕴含多少酸甜苦辣喜怒哀乐的因子。回眸相对，风雨洗礼30年，折射中华民族改革开放伟大征程的一道历史彩虹，“七七级”无可礼让。

我为“我是七七级”沉重。天鹅公社大湾大队大茶湾生产队大土头农户，刻在沟壑纵横、如海苍山中的一点，被剥夺了学习权利的我在这里插队，脸朝黄土背朝天，流汗流泪苦劳作。有风无风有雨无雨的昏黄晦暗中伴随着公鸡啼鸣之声度过了多少不眠之夜，多少如我之少年在不眠之夜瞪着眼盼着天明。恢复高考了，平地一声惊雷，那年那时节的天空晴朗得令人眩晕。父亲说“考大学”，母亲有些迟疑“考中专吧”。父亲在新中国成立初就出任湄潭县黄家坝区区长。浙江大学抗战时期在湄潭七年，给人信心。母亲为了我二哥推荐上大学的事伤透了心且心有余悸，明明被偷梁换柱，偏偏县里与我家至少表面上私交不错的那位分管领导为了维护“圈子”而睁着眼睛说瞎话。

我为“我是七七级”骄傲。那个夕阳剪出山影、毛体“贵州大学”杀入眼帘时分，幸福感、熨帖感至今还是滚烫的。一根扁担、一个藤箱、一卷铺盖，坐火车到贵阳，生平头一遭。各色人等成为莘莘学子，来到较为公平竞争的平台——大学校园，无不满怀激情。老师、同学、宿舍、食堂，新奇而亲切。为民族、为国家、为追回蹉跎岁月，通宵达旦、不分昼夜，抢座位、占灯光，排队打饭、登高一呼，听课、笔记，自习、复习，阅读、朗读，背诵、默记，争论、辩论，讲学、讲座，如饥似渴地汲取知识的液汁。“七七级”的同学们，奋斗的冲动充盈大地，理想的歌声响彻云霄，这是崛起的一代，这是豪情满怀的一代，这是喷发着决心要创造新世界的精神活力的一代。

我为“我是七七级”自豪。踏上地质战线，入党介绍人纪森部长与周总理是南开中学校友，很喜欢喝隔夜茶，更喜欢“七七级”。“是那山谷的风吹动着我们的红旗”，作为团长，我带着省地矿厅振兴中华读书巡回演讲团深入大队、分队、班组，足迹遍及贵州山山水水。到瓮福磷矿高坪、英坪半个多月，写出职工思想政治状况调研报告，获地矿部奖项。投奔上海作协主席徐中玉先生名下攻读文艺学硕士，三年二十多万字发表的论文记录着学习的轨迹。徐先生的生日正好是“情人节”，至今九十五载春秋仍烟酒茶不拘，对中国现实的思考，时有深刻之见。贵州教育学院执教，十六个班一千余学生，桃李满黔地。省政府办公厅工作，一片开阔的天地，以政府工作报告为龙头的文件、讲话、材料、事务，置身其中，即使是“七七级”，也是很好的学习和锻炼。

我为“我是七七级”承担着重大责任。2001年元月，到了省委办公厅，这里是“总揽全局，协调各方”的司令部所在。推进社会的公平正义，是党委的一项重要任务。“七七级”及其以之为标志的高考制度，历史已经证明，是一道社会公平的硬杠杠，是一把在某种程度上锁住滥用特权的硬铁锁，是许多普通民众心底里的希望。我们回眸、我们反思，我们改革、我们发展，道路的曲折、世道的纷繁、转型的复杂，始终有一点应当牢牢记取，人人能参与，人人有机会，公开透明，要把公平的理念深深扎根于我国社会方方面面的土壤并发扬光大。

“我是七七级”已经“三十年河东”，我更期冀“三十而立”。现代化的历史浪潮汹涌澎湃，社会公平必将到来。这里公平的理念应是最基本的社会制度、文化心理基础。“七七级”作为一个奠基符号和一种推助力量，一定要并一定会发挥出其应有作用，是以为我之期望和历史之定数也。

原载于2007年12月14日《贵州日报》

在恩师徐中玉先生百岁寿宴上的祝辞

尊敬的徐中玉恩师，亲爱的师兄弟们，各位朋友：

今天，我们欢聚一堂，敬贺徐中玉先生百岁寿辰，心情非常激动，让我们共同祝福先生，百岁生日快乐！

节气刚入冬，我们看见的却是春天的笑靥。恩师历经沧桑一百载，始终与国家民族同呼吸共命运，修身治学、乐此不疲；始终与时代大势同频共振，精育良才、孜孜不倦。恩师的生命，犹如一团燃烧的火；恩师的生活，犹如一曲雄浑的歌；恩师的事业，犹如一首壮美的诗。

我们感佩于恩师崇高的人格魅力。先生从教花甲有余，慎思笃行、博学致新，潜心教学研究、倾心树人育人，成果丰硕、鸿儒辉映。先生以甘为人梯的春蚕品质、不畏权贵的独立操守、决不妥协的坦荡人格，深刻影响和感染着一代又一代有志之士，赢得一届又一届师生爱戴，真正是后辈学人之学术典范、道德楷模。

我们感恩于恩师悉心的人生指引。忆当年，我们正值青春年少、风华正茂、书生意气，曾桀骜不驯、幼稚无知，迷惘于世事变幻、彷徨于人生之途，承蒙先生悉心指导、耐心教诲、精心培育，我们有了正确的目标。在先生的阳光下、温暖里，多少嫩苗成栋梁，多少娇花成硕果，多少顽冥之童因先生而受益，多少贫寒之家因先生而得福。先生，我们人生远航的启路灯，指引着前行的方向。

我们感动于恩师高尚的精神境界。为天地立心，为生民立命。无论是政治风云的变幻，还是经济浪潮的冲击；无论是家庭生活的酸甜苦辣，还是个人命运的起伏跌宕，先生哪一时哪一刻不在呕心沥血、殚精竭虑？哪一分哪一秒不在兢兢业业、勤勤恳恳？立德、立功、立言，为了中华民族的伟业，七尺男儿，视名利淡如水；一介书生，敬事业重如山；两袖清风，描绘青春成圣洁；三寸粉笔，染得青丝变白发；

满腔热血，倾心倾情育桃李。

我们感怀于恩师宏远的文化传承。先生筚路蓝缕、励行精进，演绎着知识分子的责任担当。无论是古代文学研究，还是当代文艺理论研究，均贯穿着忧国忧民的人文情怀。在面对传统与现代、东方与西方、民族与人类的考量中，忧思与乐观相伴、忧患与实干并行，先生以其文化激情、文学造诣，尽展“文须有益于天下”的胸襟，践行以天下为己任的历史使命，以“一士之谔谔”传承着中华民族的优秀思想和文化。

我们感教于恩师无私的教育奉献。先生躬耕不辍，尽心尽力，全力以赴推动、关心着我国教育事业的发展。先生为学术界贡献的优秀学术论著，足以嘉惠多少后学；凡是大学生皆耳熟能详的《大学语文》，让多少蒙童领略了中华文化的精妙而走上了奋发有为之道路。一百万元助学，是汗是血是守望的拳拳之心。执着教育、无私奉献，永存浩瀚、辉映日月，桃李天下满、春风遍神州！

铮铮傲骨民族魂，诤诤直言话百年。恩承荫庇，抒不尽我们的感恩情怀！唯有遵循先生的足迹、传承先生的品德，过了一山再登一峰、跨过一沟再越一壑，让先生精神的旗帜，永远飘扬在中华文化美丽的天空！

在此，我提议，向徐先生敬上三杯酒。第一杯酒，祝贺先生寿诞喜庆；第二杯酒，感谢恩师恩深情重；第三杯酒，祝愿先生福如东海长流水，寿比南山不老松。

2013年11月8日

博学致新　鸿儒春蚕

——深深怀念恩师徐中玉先生

2019年6月28日上午，恩师徐中玉先生追悼会在上海龙华殡仪馆举行，因公务缠身，不能前去，唯泪流满面，悲痛不已，遥寄祭奠。

6月25日凌晨，惊悉我的恩师，著名文艺理论家、作家、语文教育家、华东师范大学中文系终身教授徐中玉先生西去，享年一百零五岁，是时，那些和恩师在一起的日子一幕幕浮现眼前。

三十三年前，我和张建永、吴炫、朱桦、谭运长五位同学承徐先生厚爱，收为关门弟子，自此受益一生，挚爱永存。

先生的精神和人格对我们五师兄弟影响巨大，谦谦君子、铮铮铁骨的形象深烙在一代学子的心里，也印记在风云时代的天幕上，是我们人生砥砺前行的导师。

徐先生与我们五位关门弟子情感甚笃。2013年11月8日，我们师兄弟相约上海，共同给徐先生举办百年诞辰庆祝会，成就了一场人生中最难忘的师生盛会，仿佛昨日，栩栩如生。

中正玉德，百年瑞祥。
云山苍苍，江水泱泱。
先生之风，山高水长。

现忆当时祝辞，以表对先生的敬念之情。

永别了
恩师
永别了
徐老
一路走好
我最深爱的恩师
徐中玉先生

春分时节兰亭梦

清晨，当你与老朋友骑上自行车，春风便在不知不觉之中把你们带到距绍兴市西南十四公里处兰渚山下的兰亭去了。踏上延伸至丛林深处、乱石为底的小路，迎着半掩的柴扉，兰亭便含而不露地呈现于你眼前。

似隐似现，清幽宁静的杂树藤蔓之中，有“兰亭”二字吸引着你的视线，使你的心微微收紧，不由得屏息蹑足而行。一千五百多年前，曾有四十一位雅士名客宴集兰亭，那饮酒作文的盛况，就发生在“这里”。其中有一位叫王羲之（字逸少），作《兰亭集序》记下了这次聚会，此文文笔雅致，为后世传颂之名篇。不过，真正让人折服的是王羲之的书法。他有“书圣”之名，《兰亭集序》则被誉为

“天下第一行书”。

进兰亭，必经那条卵石铺成、方砖镶边、翠竹掩映的甬道。你与朋友执手款款举步，细听竹风低吟，诉说古人的清韵。迎面，阳光明而不朗，丽而不媚，有似雨非雨、似雾非雾的氤氲相袭，这原是竹叶尖上碎细晶莹的晨露，嬉戏于漫不经心而掠过的轻风，化为薄烟亲吻你的脸颊。此刻的你“无话可说”，转眸与朋友相视，荡一枚浅浅的笑，接受着超妙解颐的天地宇宙之气，浑身似在飘举上升。

眼下之兰亭有曲水、流觞亭、王右军（羲之）祠、墨华池、墨华亭、御碑亭、碑亭、鹅池和石碑亭等去处；可见到王羲之像，古代碑刻，清代康熙、乾隆二帝御碑和传为王羲之书写的“鹅池”两个大字的石碑等，令人目不暇接，美不胜收。在“曲水流觞”之处，你碰巧遇到了鲍贤伦先生的一位学生，他兴致勃勃地谈起鲍老师领着他们在兰亭做“流觞”游戏的情景，说在这游戏里可以体味到许多在当今生活里绝对体味不到的情趣。鲍氏是全国青年书法家、贵州大学中文系“七七级”毕业生，今在绍兴工作。作为同学，你当然很熟悉他，并因这熟悉由不熟悉的人娓娓道来，你生出了会心的微笑。

隔一清溪，尚有胜景，新建的兰亭书法博物馆为兰亭添增着光彩，其中的展出精彩难述，还是各位亲自去观赏一下吧！

原载于《贵阳晚报》1991年5月7日

晚秋情韵

当贵州高原又一个冬季来临，纷纷扬扬的大雪洒落树梢的时候，我才知道唱红大江南北的《晚秋》，词作者是黔东南凯里城中女子，清水江哺育的大学生苏拉。

已有5个年头没见面了，在《晚秋》流行后的一天，朋友捎了一张苏拉的近照来，说苏小姐已有一副沿海人的派头，很潇洒。

照片上的苏拉，其“包装”大异于五年前，缎质衬衫套网式背心，鸭舌帽压黑亮秀发，很耐看。她依旧是那甜美、清纯并略带一丝儿“憨”味的笑靥，“晚秋式”的忧郁若隐若现。

第一次听《晚秋》是在朋友的生日聚会上。装饰一新的厅堂，橘黄的灯光弥漫，几幅文人墨迹和仿明清山水的磨砂玻璃画荡漾着悠远的幽思。《晚秋》从音响里缓缓而出，便有一种思和怨交织的情绪将我攫住。对感情追求的缠绵而执着促人心悸。喧嚷的厅堂倏然宁静，有人随着曲调轻轻吟唱。

歌词呈现的意境分明有一种熟悉感。我似携女友漫步在深秋的华东师大校园，宽阔的草坪依然青翠，茂密的梧桐树叶已然金黄，清澈的丽娃河泉水喷涌，高悬的月牙辉光朦胧。那是一片极容易让人动情的乐土，也是一块催人奋进的阵地。

这里好胜争强互助而较少妒忌，培育了一批又一批才子。这里奉行“增高原则”，崇尚的是努力奋斗，压低别人来显示自己的高为华师大人所不齿。

我相信这种环境对苏拉的影响一定是巨大的，也猜想她个人有着独特的人生体验，其才情勃发。于是有《晚秋》出。而在底蕴里，却流滴着清水江式的清纯、执着和乐观。“献出我所有”回应在青山绿水间，有一种高原的浑厚和凝重，是非比寻常的，沉缅回首中包含着超越。

记得那年晚秋前的中秋节深夜，一大帮男女同学呼叫着冲进草坪。风已有些凉意，而同学们的心很热。草坪上三五成群的青年学子燃起星星点点的烛光，畅叙人生。我们这一伙，弹起了吉他，唱起了歌，时而唱《达坂城的姑娘》，时而唱《跑马溜溜的山上》，时而又唱狂野的《红高粱》……人是趴在草地上的，每人面前点一支蜡烛，手里提一瓶啤酒，吼几句歌便喝上一口。苏拉静静地，抬头看月，脸上挂着微笑，似与月光交谈，她一定在品味和沉思，一些心中的秘密。中秋夜后，大家都忙着复习考试，直至晚秋过后的元旦前夜，在联欢舞会上，才又凑到一起。苏拉的舞已跳到一定的境界，同她跳舞确有一种在音乐中散步或是随着音乐流转的感觉。在元旦钟声敲响前，我与她跳起了“吉特巴”，欢快的舞步同她那欢乐的笑容和谐得天衣无缝。倒计时开始，我们停下舞步，“五秒、四秒、三秒、二秒……”“当当当”，钟声的响彻云霄，大家欢呼着，随着音乐又跳起舞来。这已不是跳舞，全然是一种自然的、音乐的律动。苏拉那雀跃欢畅的音容笑貌，犹如一个定格的画面深深印入脑际，至今仍不时闪现，清晰得如同昨天。

抬头见雪花正盘旋飘荡，不时有一两片轻轻敲窗，似在叩问什么。心里骤然有一种莫名的悸动，《晚秋》的意境叠映在清水江风光秀丽的画面上，流动着人世间真善美的韵致。

原载于《贵阳晚报》1995年3月12日

致若语

第一场雪就这样来了，显然是高兴，不然哪会比往年都早。你用了十八个“哈”字，分明伴着银铃般笑声传来讯息。

虽是手机短信，但我仍在想象的天空，真切地看见了，东北广袤的黑土地上，漫天飞舞的雪花。在每一朵洁白雪花的摇曳里，都清晰地映射出青春靓丽的笑靥。

自由的思想在欢畅地舞蹈，生活的体验在激情地歌咏，春天夏日秋季的孕育、小学中学高考的磨砺，这一片“我”的表达空间欣然扑面来到！

灵魂的怡悦自在，鲁迅的独立人格，这里是真正人类精神的创造天地。

飘飞吧，我自由的雪花；飘飞吧，我自由的精灵。在飘飞中自由创造吧，我念想的若语，晴朗的天空和美丽的人生，定将由你拥有！

忆小江

植树节，培植新生命的日子，却有一个生命离开我们而去。好快，已过了一年，可他的音容笑貌犹如昨天历历在目，爽朗、豪放，深层里有一丝忧虑。

朱小江与我同年，属鸡，与我同专业，讲授文艺理论课，与我爱好也相同，跳交谊舞。加之学生们常把小江和我相提并论，因此，他走后留给了我一种深重的情感眷顾。

有相书说，属鸡的人最关键的性格特征是自尊心和义务感极强，这话是说到点子上的。不过，从表面上看小江以浪漫心情为主。聪颖的天赋、良好的家庭文化氛围熏陶、学习知识的敏锐悟性，小江从读书、考大学，到贵州教育学院任教，一路春风就过来了。小江对我说，他曾有的追求是学好教好，研究深入，当个教授，受到社会的尊重。小江正在实现他的目标，书教得很好，视听结合的课堂教学生动活泼、深入浅出，赢得了学生们的喜爱，文章写得很棒，让同行们赞不绝口，教授职称的获得和专著的出版也只在早晚。

小江理应活得轻松，但就身体状况，他的心脏一直被病魔困扰。正直、善良和疾恶如仇，也使小江并不轻松。知识受到的冷落，使他内在的自尊心倍受伤害；消极腐败现象，强烈的义务感又使他痛心疾首。性格、追求和世事风云，注定了他的沉重。

在小江最后一次犯病时，我去看他。在充满苏打水气味的病房，小江撑着坐起来，很艰难地不停喘息。一件显得肥大而陈旧的棉袄，似乎也重重地压迫着他的躯体。由于病变的原因，他的嗓子已失去课堂上洪亮而富有感染力的声调，只能用细弱的声音断断续续地说话。然而，他仍然是激情昂扬，在沉重的气喘吁吁中发表着对社会人生的看法。

认识小江以来的年月，他生病住院总在春节前夕。当家家户户围着火炉，看着电视，热热闹闹过年的时候，小江却在病室里。年关来临时节，气候对小江的病是十分不利的，或许再加上他回顾一年对自己事业的评价而生出的某种焦虑，发病的几率也就大大增加。年终岁初的喜庆时刻躺在白色的病房里，那生活的体味和对人生的感触，是一般人难以想象的。小江的这一景况，使我的心灵深处感受到一种生活的破碎和人生的艰辛。

去年小江病发，尽管心里也很为他担忧，但想着已过了本命年，刚分了房，装修一新，就以为不该有大碍的。谁想，竟去了。在送别时，仅是眼泪已不能表达我对他的怀念之情。

原载于《贵州日报》1995年3月12日

深情系故土

小学同学金永华说起范先生的事总是激动而感慨。

听说范先生要回来，大家简直不敢相信。算起来该是七年前，春到黔北高原的时候，树木抽芽，野草浅绿，白雾绕山，习水县东南面一个叫泥坝的地方，邮递员满身是泥，扑爬跟斗地冲进寨子，上气不接下气地惊咋：“范……先生……五月……月间……回来。”乡亲们瞪大了眼，你看看我，我看看你，像在做梦。

金永华的印象中，范先生就是一个修长俊美的男子，其实这个影子飘到台湾去的时候金永华还没有出生，只是寨子里的老人们太喜欢谈论范先生了，才给了金永华一个鲜活的记忆。

范先生除了他的二嫂之外，其余直系亲戚皆已故去。他的家在泥坝已名存实亡，只是年轻时他在这里长期教书为生，学生倒是不少，“范先生”也就由此而来。范先生打听着回故乡时，政府已告知他家现在的景况。真的要回来，回到这几乎一无所有的地方，确实有点令人难以置信。

不管邮递员怎么样拿着一封写给泥坝人的信到处招摇，乡亲们的反应并不热烈，倒是关于范先生的话题更多被聊起来，他小时候如何厉害，说话如何幽默，以及他的亲属们曾经怎样被当作特务接二连三揪出来狠狠批斗等。

映山红盛开，红白紫黄满山满坡的时节，范先生回来了！泥坝人又惊喜又懊恼。说惊喜，范先生是泥坝人的骄傲，甚至有点儿偶像的意味，寨子里有文化的人屈指可数，稀罕得很，“天地君亲师”，老师是上牌位的，又有“一日为师，终身为父”之说，可以想象泥坝人对范先生的那种深藏于心的情意。说懊恼，是因为不敢想象范先生会回来，住的、吃的都没有好好地准备，很对不起范先生。

范先生果然修长俊美，风度翩翩，尽管已上了年纪，仍精神，只是有些木讷，也不见特别聪明，然而那种朴实、厚道、挚诚、倔强的山里人气质明白无疑地渗透在他的言行举止之中。一大堆与范先生年龄不相上下的范先生的学生，有点儿诚惶诚恐地围着他，当听得范先生第一句话时，便喜笑颜开，其乐融融了。“吃过饭没有？”乡音未改哩！

本打算住两个星期才走的，与范先生同来的太太无论如何都要回去。也难怪这位慈祥的太太，蚊子、跳蚤、虱子、蠓蠓等小动物的攻击令人昼夜不安，方便的地方有些难以下脚，更让太太难以忍受的是不能洗澡。太太随同范先生走了几十里山路到寨子上住了差不多一个星期，也着实够难为她的了。

告别的场景从表面上是冷淡的，只有范先生的二嫂嘤嘤地涕泣。这些天，已经改嫁的她总是以为范先生的二哥回到了阳间，加上范先生一口一个“二嫂”，一个一个“亲人”，使她心里充满了思念和眷恋亲人的悸痛。

范先生走了以后，乡亲们都缄口不提范先生的事，似乎什么也没有发生过。大家都愿珍藏这一份特殊的感觉，心里都明白，范先生不可能再回泥坝了。

令人不敢相信的事发生了。第二年满山满坡红白紫黄映山红盛开的时节，范先生又回来了，没有带太太。拉家常，扯童年，大家轮流“坐庄”，豆花腊肉，大碗米酒。范先生说：“这里踏实。”他发现，一年时间，寨子里干净了许多，那些令人讨厌的小动物大大减少，并有了比较正规的厕所。

以后每年，范先生都回乡，前年，他拿钱修了幢两层四间的砖瓦房，说明是他来时居住，不在时用作泥坝村村民组的办公“大”楼。去年，又拿钱修通了公路。今年范先生回来时，是村民组的吉普车接他进山的。

金永华告诉我，范先生修的房子里装有洗澡的家伙，是用电的，现在可以用得上了，寨子已经通电。寨子里凑钱买了台电视机，收视效果好得遭不住。下回，范先生说了，太太要一起来，敢保证，范太太绝对不会像上回一样扯皮了。

原载于《贵阳晚报》1996年1月29日

蛇狗儿

那年我六岁，在飞鸽林场，第一次见到蛇狗儿，碧绿的皮肤，有暗黑色的条纹，短脚，长尾，头部的转动非常灵活。特别引人注目的是它的双眼，灵深邃悠远，如飘动闪烁的星。蛇狗儿的学名叫“蜥蜴”，又俗称“四脚蛇”。

那位宽阔的脸膛黑黑透红、浓眉、大鼻、厚嘴唇、肩上受一百多斤松木墩走几十里山路不喘粗气的挑脚汉子，斜着眼要我去踩蛇狗儿的尾巴。他说，你要是踩到了它的尾巴，它就会自断其尾“逃之夭夭”的。虽然没费什么力我就踩上了，然蛇狗儿没有一点激烈的动作，更不用说断尾了，只缓缓地扭过头来，眼光直射我的瞳仁，一副很奇怪的样。我一愣，脚一松，它便摇摇躯体，连跳带窜，隐入了草丛深处，那边厢，挑脚汉子大笑。

回首遇到那位满面皱纹，头发花白、被大人小孩统一称呼为“张老头”的炊事员，他眯缝着毫无光泽的眼说，蛇狗儿这东西很有灵性，可别惹它，它会追人的，追几里地，要把人的魂捉去。于是我晚上睡不着，害怕被捉了魂，窗外山风逼得很近，林涛阵阵掀动，夹一两声长长的、有点儿凄厉的鸟叫。

终于，那天正午，阳光正明媚，蛇狗儿撵着我来了，跟在后面，随着我的步子的节奏不即不离。我跑，它跳，我走，它爬。很神气的眼睛轱辘辘流转，像影子式地贴着我。顶着辣辣的骄阳连走带跑过了好几里地，我不仅不觉得发热，反而浑身打冷战，脑子一浪浪眩晕。看来魂魄是没有指望了，直想哭，正绝望时，那挑木墩的汉子踩着大步走来，脸上藏着难以觉察的笑，长满黑毛的手敏捷迅速地卡在蛇狗儿的脖子，汉子咧着大嘴，很专注地打开酒葫芦，将蛇狗儿麻利地塞了进去，泡上了。汉子带着满脸的得意，鼻孔里冲我发一声，悠然而去。

在蛇狗儿被抓住的那一瞬间，我觉得它幽幽地瞥了我一眼，凄凄惨惨的，我在松了一口气的同时，心反而收得更紧了。

想起来，只因父亲在我六岁以后的日子里的坎坷遭遇，才使得蛇狗儿那哀怜而怨毒的目光在我灵魂的身体上戳下了一道深深的疤痕，如果一切都顺利的话，我一定早把蛇狗儿忘得一干二净了。

原载于《贵阳晚报》1991年8月27日

品茗聊天自悠闲

历史名城遵义，从丁字口，溯清清湘江而上数百米，凤凰山下，有一茶苑。林荫环绕，荷叶摇曳，傍水依山，显中见隐，正是品茗谈天的好去处。

在遵义逗留期间，我与琼斯先生只要得空，必到这里消磨时光，一杯清茶，一袋瓜子，外加一把竹凉椅，寻一僻静处落座。呷一口茶，嗑一粒瓜子，我与琼斯先生便有一句没一句地聊开了。天上地下，想到什么说什么，漫无边际。自然啰，谈得最多的少不了是“家里的人和家里的事”。我们的交谈速度时急时缓，有时，干脆就不说话。令人惊讶的感觉是，不说话的时候，心里倒生出了充实来，满满当当的，有无限的惬意。

这种清幽悠闲难得不让人感慨。与我相比，琼斯先生的感慨更深些。他出生在发达国家，过的是令当今不少人羡慕的现代化的、快节奏的生活。可正是这一点，使他觉得了在这里品茗聊天的可贵。虽只是清茶一杯，可是那扑鼻的清香和纯亮的汤色，已有让人置身山川、自自然然之感。再有，如今城市生活的特色以红红绿绿的色彩和七上八下的声音为主，今天一个样明天一个样，令人眼花缭乱。在这里稳稳地坐着，喝一杯一成不变的茶水，确是一分难寻的悠闲。

这就怪不得有一次我说“其实在家里喝茶也差不多”时，琼斯先生眯缝着眼，用中文有腔有调地说道：“不一样，就是不一样嘛！”

原载于《贵阳晚报》1991年10月1日

琼斯先生明天回国

已近深夜十二点，我们还舍不得散，琼斯先生明天回国，我问住了这么些日子，什么地方留下的印象最深，琼斯的回答出乎意料，不是黄果树也不是织金洞而是遵义。

琼斯在遵义逗留过几天，参观遵义会议纪念馆和拜谒红军山时，他几次激动得难以自禁，连说“了不起，了不起”。游览了娄山关和凤凰岭后，也留下了不少感慨。只是在享用了“鼎鼎有名”的豆花面和羊肉粉之后，很让人不舒服地说了一句“不怎么样嘛”。不过，稍晚些时候他为此话而后悔不已，原因是他在我那里看到了石永言同志创作的《遵义会议纪实》一书，便想拿去作为中文教材一读。于是我专选了介绍遵义风情较详细的几个章节一一讲解，并特别强调了党和国家领导人对遵义的“一面一粉”的赏识，琼斯此时眯了眼，细声低语：“那个豆花面和羊肉粉确实是好吃，只怪我上次因为好吃而吃得太快，没有‘吃透’，嗯，下次一定慢慢品赏。”说罢，顾自笑了，带几分羞怯，别看琼斯满脸络腮，那眼神却极温和，像羔羊一般，遵义的另一去处，虽不经眼，但琼斯“消磨”在那里的时间却最多。那是湘江河畔凤凰山下的一处茶苑。那半掩半映、欲显却隐、树影婆娑、荷叶连连的景致，正是谈天说地聊家常的宝地。琼斯说，这里集中体现着遵义淳朴的民风，这里的恬静悠远总让人感觉到作为自自然然的人的伟大。

该分手了，琼斯为我们斟了一小杯酒，举杯笑道：“这是特产biang-dang酒，喝了biang-dang不biang-dang！”biang-dang意为“摔跟头”，农村米酒的“雅号”。不知琼斯听何人说，此酒是遵义的专利，我们怎么纠也纠不过来。他说把这种酒和遵义连起来才大有深意，不知他葫芦里卖的什么“酒”。

道别后，我们几人刚出门，琼斯在后面又叮嘱了一句：“Becareful biang-dang!”（小心，别摔跤了）。我们回头，齐说：“你才真是要Becareful biang-dang，我们盼着你再来！”

“Good-bye!”（再见）。

原载于《遵义晚报》1991年11月5日

爱脸红的吉恩

在我把吉恩称为“老外”的时候，非褒非贬，仅说明其特征。一些人谈到“老外”，不是敬仰得紧便是斥骂得凶，实际上此时的“老外”并非实在的某一位人而仅仅是象征性的宣泄对象而已。吉恩是一位活鲜鲜的人，并且还有一个“夹抠”的名声。

落得“夹抠”之名事实上有点冤枉，仅因为有人想借吉恩的几盒音乐带而未得便断然下结论，至少失之偏颇。其实，你要是和吉恩投了机，他会不吝把心也掏出来的。然而，吉恩给人以不爽快的印象倒是千真万确的。或许，这与他性格里有较大的害羞成分有关。一次，有位女同学委婉地问他的婚事，说：“你妻子怎么没有同你一道来中国呢？”他皱了眉，认真地凝视着对方，说：“问我吗？”话刚落音，吉恩就红了脸。另一次放录像，风景秀美的海滩上有一二女郎光了身子在日光浴，吉恩细声道：“她们总喜欢一丝不挂。”见没人搭腔，他似乎一个做了错事的男孩，脸上一阵绯红。总之，吉恩并不是那种“不管三七二十一”的人。这或许是一种修养，其母是从事音乐工作的，其姐在伦敦大剧院任舞台监督，属知识分子行列。他家“老者”（称其父为“old man”，恰与贵阳人称“老者”相吻合）也不例外，搞戏剧研究。家传修养，或也不假。

爱脸红的吉恩也有让别人脸红的时候。圣诞节，有位同学在地摊上买了一幅墨竹送给他，他瞄了几分钟后，便嬉笑着收了起来。第二天，吉恩在贴满了他自己画的水彩画和中国画的墙上“腾”了一块地盘，把那幅墨竹给钉了，很显眼，这一举动，令我们几个稍懂点艺术的同学吃惊。吉恩并非俗眼，何以至此。他轻扯嘴角，眼里透着一丝狡黠的光，说：“别人送的嘛，怎么好意思不挂起来呢？”

我推导，吉恩的脸红和令人脸红是非比寻常的，里面蕴含了深刻的人生哲学。我推导的依据是吉恩自作的一幅水墨画。画上有条摇头摆尾、撇着嘴巴的鱼，其神态恰如山中大王。几株孱弱的水草，更衬出鱼的威风。但画右下角却题着三个醒目的中国字“鱼是菜”！你看看，要是一个人没参透某种深奥的东西，能有斯言吗？

原载于《贵阳晚报》1992年9月4日

幺筒

中指触到牌底刻痕的时候，命运显示了惊人的魔力。战抖的发生已必不可免，暂停了跳动的心脏开始了欢快的蹦跶，数十年“方城”生活，此刻达到了辉煌的顶点：坐桩、清一色、自抠。

刻痕在指尖上沉着、冷静、不慌不忙地滑行。大圈套着小圈，一层又一层，一直压缩到核心，再从核心放射，一圈又一圈，无限地伸展。轻松自在地跃动，胜利，带来永恒的微笑。

多少年了，都向往着这一天。一圈又一圈，眼角已经有热带鱼在游动，细长的尾，不时烧着心尖；前额已画出了五线谱，飘逸着深深浅浅的音符。

映着牌面一泓湖水样的碧绿，眼有些发潮，水底的旋涡，悄悄地流逝着生命，一圈又一圈，雕刻出黑、绿、红交织映衬的年轮塑像。该去的，去了；该来的，来了。

指尖上，激情轻声歌唱，接受着、抛掷着一个又一个秋波。恋人温润柔腻的肌肤，托出猩红的生命之靶。长辈们蜷缩着躯体，蹲在屋角唠叨；后辈们翻滚着跟斗，在草坪上宣泄着舒畅。

牌做成了，这是确实无疑的。只要这张牌翻开，众人都会大吃一惊。所有的付出，都会在这一瞬间收回。简直不敢相信。放松的心，又一圈一圈收紧。“黑色的眼睛，有白色的恐惧”。面对着一个天体——黑洞，正中晃悠着的一滴鲜亮的血珠，闪耀着人生的谜。

顺着黑洞的轨迹，思想走入迷宫，人们在封闭的圆圈中不断地舞蹈，寻觅着价值、意义、内涵和终极世界的衡量器。这张牌，大圈套小圈，一直压缩到核心，又从核心里放射，一圈又一圈，延展着伸向无限，太沉重了，且是手指所能翻开？

原载于《贵阳晚报》1989年11月16日

浓绿醉人㵲阳河

㵲阳河的盛夏是恬静而碧绿的。她的绿，令人终生难忘。

我站在游艇远远望去：山是绿的，水是绿的，天是绿的，连那缓缓飘逝的白云也罩着一层淡淡的绿晕。我仿佛置身于一个绿色的世界中。

㵲阳河有“小三峡”“孔雀开屏”“一线天”和“西游造型”等出了名的景致。然而，到了盛夏，这些景致都只不过是㵲阳绿色世界的点缀罢了。

高崖下的墨绿、山间篝竹的草绿、云彩上的浅绿……弹拨出一支统一而又富于变化、单纯而又繁复、质朴中寓俏丽、率直而不失典雅的绿色奏鸣曲。

时而，有成双成对的鸳鸯款款翩飞，溅起点点水浪，给绿的底色绘出串串白花；而鸳鸯却恰似白花的黑色精灵，跳荡在绿色的旋律上。

我正凝视着绿的奏鸣，一阵脆婉的歌声，隐隐地、沉沉地，循着漪涟悠悠地传来。

哥哥出门去远方，
妹唱山歌把哥伴。
一支山歌一绿叶，
一片绿叶一只船。
船儿载梦送哥走，
染绿河水染绿山，
不管哥哥到哪里，
水绿山绿牵哥还。

歌声中，水中的云朵载来一只暗绿的小舟，长长的，一溜儿坐着几位苗家姑娘。船首的一位青衣绿带的姑娘一边用手挑着水花，一边放出歌声。船尾的艄公戴一顶黄里透绿的斗笠，双桨碰出歌声旋律的节奏。

山歌，多么绵长而深幽的情感呵，全赋予了这浑然的绿色世界。

是天然的未受污损的环境和山里人纯真的没有畸变的品格，铸成了这博大的绿色世界。

㵲阳河令人喜爱，令人神往，正是因为这绿的魅力。

绿，把我的思绪引得很远很远。

原载于《黔东南报》1986年7月12日

杉木王之梦

把这株树称之为“杉木王”，是依据最近由贵州农学院两位林学权威的报告，经过充分论证和科学测定，各项综合指数表明，森林王国中的“杉木王”非其莫属。

初冬，黔北高原。起于大山密林深处的袅袅白雾，如梦的羽翼，带着我们一行来到杉木王生长之地。这是习水县城向西，翻箐口，过羊九，下太平再转拐叫正坝的地方。

沿着侏罗纪紫砂岸路径，穿过林木杂草丛生的甬道，我们来到树下。初识杉木王，面对八个人才能围抱的岩石般的树干，挺拔遒劲直拂天穹的枝杈，那气势令人想起“霜皮溜雨四十围，黛色参天二千尺”的诗句，但这仍觉味道不够。这里很静，似万籁俱寂，然却让人分明地感觉到自然的广袤博大和生命的奋争强悍。

矗立于天地间的杉木王，犹如一位饱经风霜而精神矍铄的老人，在这万山丛中度过了千年的历史。他似在惬意的梦境中眯缝着眼注视着远方。

这梦孕育于自然。林学专家说，侏罗纪紫砂岩发育的土壤——两条小溪交叉之处的位置和周围生态的良好环境——这里自然条件得天独厚。

这梦诞生于人世。当地群众说，曾有许多次几乎被砍伐，是人民的热爱和崇敬使之免遭于难。老人们告诫后辈，这杉木王是北宋年间为了止战而种植的，一位名叫袁世明的将领植此树以示不得再起战乱。在很长的历史时期，树旁建有庙宇，损树者重罚，伐树者当诛。

这梦延伸于未来。地方官员说，贵州长嵌沟自然保护区的源头在这里，加上周围其他自然、人文景点，具有极大的旅游开发价值。只要规划科学，加大开发力度，这里成为众多旅游观光者一览杉木王丰姿、置身大自然畅快怡情胜地的日子定会早日到来。

原载于《贵阳晚报》1996年1月16日

高排芦笙

响起来了，一排竹筒，呼吸之间，沉睡的听觉被唤醒。冲击，如阴沉的天际边划过的滚滚炸雷；震撼，如深藏地底的将要奔涌而出的火山岩浆；悠远，如历史穹窿的脚步穿行战争血与火渐行渐近的坚实足音；战栗，如渺无人迹的高山深壑中令雄鹰也为之眩晕的万仞峭壁。苗族高排芦笙，强烈尖锐的印象，在命中注定的一个特殊日子里，闯入我从未设防的大脑城堡。

这一天，天之湛蓝，深得融化人的灵魂；山之翠绿，稠浓得净化人的精神；水之冽清，无限的展延托举着人的想象。这是贵州高原七月的一天，阳光明媚，微风拂面，丰收在望的农作物欢畅地与鸟虫们一道浅浅吟唱。

这一天，无疑将嵌入苗族同胞聚居的朗德上寨的历史册页。这是因为，老百姓熟悉的、年近八旬、属龙、“肚里能撑船”、在我眼里慈祥有加的那位老人来到这里。灰白的头发，宽阔的前额，如炬的眼睛，高挺的鼻梁，构成一道历史的风景。紧抿的嘴角，因这里退耕还林使生态保持和恢复，一派生机勃勃而透射出政治家的惬意。

青石嵌就的场坝，坚硬厚重。场中心竖立的祭柱的底端，悬着一尊铜鼓。当鼓槌高高举起的时候，吹奏高排芦笙的苗民就位了。这是寨中的长老，应是十七八位，成两行整齐排列，青布长衫，芦笙在握。苗族大叔大妈们、小伙姑娘们、细娃妹儿们，熙熙攘攘，紧随其后，蔚为壮观。肃静，鸟虫噤声，云不飞、水不流。

芦笙声起，铜鼓轰鸣。长老们呼之吸之，紧绷了每一块肌肉，眼幕中有火焰升腾。蚩尤大战，几千年，往事并不如烟，悲壮的火种还在燃烧。对历史、对文化、对生命、对生活的理解和诠释从长丈余的高排芦笙多声部撞击中倾泻而出，如歌更如泣，如泣更如歌。

精健的小伙、窈窕的姑娘，他们在这里活跃。青春总是美好，青春延续历史。男装是短衫长裤，青一色；女装是宽袖短裙，红与孔雀蓝，闪烁着构思精巧、做工精细的银饰，佩鸣之声盈溢欢乐。小子们简洁到了直白，朴实到了单一；小妞们炫丽到了耀眼，多彩到了繁复。透过高排芦笙，没看见吗？小伙的肩膀分明是一座座高山，小伙的脊背分明是一片片沃土；姑娘的眼神顾盼流转，姑娘的舞步摇曳多姿，香艳的花朵，斑斓的蝴蝶。

敬酒啦！酒杯在姑娘手中，豪气在小伙胸中；酒歌流淌在姑娘口里，热情蕴藉在小伙心里。挺立的高排芦笙，精神的魂魄。不歌舞，愁满身；不喝酒，没快乐。历史的重锤在擂击，生命的礼赞地绽放，高排芦笙吹起来，优美山歌唱起来，轻盈舞步跳起来，浓烈米酒喝起来，苗家的气魄雄起来。

高排芦笙，哦，高排芦笙。参差之间，笙管林立，如枪阵高举，阳刚阴柔。向前、向前，青衫如云，花衫如霞，步履如潮，滔滔滚滚汇成永不止息的生命洪流。慈祥老人紧抿下撇的嘴角渐渐悄然上翘，绽出了一丝笑意，尽历沧桑、深藏玄机的脸上闪电般划过一缕童真的神情。看他那两道高傲上挑的眉毛，竟如两枚黑色的火苗，更如两瓣墨色的牡丹。惯看风云变幻，心静如水，仍有所动：五十六朵花哟，朵朵鲜艳。

原载于《贵州日报》2007年1月5日

嘿，救星石

以为到平塘县城就可看掌布奇石，不然，又车行近一个半小时。午间明亮的阳光清晰着视野，却并不耀眼。蜿蜒于绿水青山的黑色油路，蓝天覆盖，白云浮动。当疏落有致的几处农舍傍着绿荫、倚着金黄色的稻田扑入眼帘时，目的地到了。

此行贵宾张大姐一行三人，刚下车。照相机就忙活开了，感叹之声不绝于耳："真的处处是景啊!"这可不是廉价赞美。张大姐何许人？看电视"世界气象预报"，如数家珍；看电视新闻，议论皆在要害；对煤炭生产党政干部入股事，其言入木三分，以石油无人去乱开采为例，提出压缩利润空间为重点的解决办法，愚以为切中肯綮。再说点具体的，青岛足球队始作俑者就是她。

沿溪而上，水里是天、树、石的倩影，倏尔闪烁的银光，是鱼在欢畅地舞蹈。不觉中，一行人已过鸳鸯石、漂来石、长寿泉等景观，面对掌布奇石。虽说难以与想象中景致媲美，却还是让人惊讶。似乎可以说，这是一个巨大的岩腔，腔顶一块巨石于若干年前坠落，破为两半，裂隙约一米。东向隙壁有凸纹，赫然有酷似“中国共产党”的几个汉字。当地人称此巨石为“救星石”。内心深处立即有热流涌动，“没有汉字就没有中华文化”“没有共产党就没有新中国”，可见此“救星石”生在了一个独特的文化视野中。科考表明，构成凸纹的物质乃是数亿年前之生物化石哩。这里包含着多少机巧，地质的、地理的、生物的、化学的、政治的、经济的、文化的、社会的、时代的、民族的……“增之一分、减之一分”皆会使这奇迹成为不可能。

裂隙安装了厚重的玻璃，如同参观博物馆的橱窗，让人感觉有些迷糊。倒是顺吊桥过溪，视线拉开，顿有袭面之清爽。岩腔所嵌之山峰，雄伟而奇峻，解说为狮，曰“狮子护宝”。三分形象，七分想象，我看像扬鬃蹶蹄的骏马，奋力向上游奔腾而去，溶入苍翠葱郁、连绵延展的群山。

欲回行，导游说还早哩，走一遍怎么得三个多小时。恍然大悟，以天然地质小概率现象之石为由头，旅游开发了一片，正式名称“掌布景区”。掌布为布依语音译，大意是住在水边的布依人。

导游洋溢着布依小妹的清纯和热情，嗓音很好，当浸润着浓郁民族风情的旋律、唱词的山歌随着她的笑一起荡漾时，“好花红”的韵味弥漫开来，直如潺潺的溪涧清泉，沁人心脾。她说，这片景区是2002年开发的。奇景必有奇事。有人会言之凿凿地告诉你，在决定开发掌布景区的日子，一株生长数百年的枫树轰然倒下，一位历经三个世纪的老人溘然仙去，自然景象、人文情事，凑巧了。

风景在看风景人的眼里。我佩服开发这片景区的人的智慧。枫树桩前，立有《古枫碑记》，大意，此树生长了那么多年倒了令人惜，为虫所蛀而倒不足惜，继而喻世劝人，反腐倡廉。张大姐感言此碑：“文字不多，什么都说了。”

布依小妹的歌声仍在山谷间飘荡，已到我们该与掌布景区说再见的时候了。午间用餐农户的门前，大妈倚墙遥望，手轻轻挥动，搅动着惜别的情绪。靠着“救星石”，靠着掌布景区，靠着旅游开发，这里布依群众的日子是芝麻开花节节高，一年一个样，短短三年，已初显火红景象。最得意的介绍是告诉你，这里外出打工的青壮年纷纷回到家乡，有事可做，有钱可赚了。

暮色来临，返程公路把我们引上山顶。寂静中，有客人突发惊叹："哦，苍山如海!"又是寂静。张大姐自语："抬头张家界，低头九寨沟。有意思。"又说："贵州这地方，找个山沟，立个牌楼，就可以收钱啦。"哎，忘了个小插曲。是这样，中午在农户家吃饭后进景区，其时骄阳似火，我与张大姐议论，不知哪片云有雨，也不知有雨那片云是否把雨洒在你身上。也就五六分钟，黑云袭来，暴雨骤至，哗哗啦啦一派杂响，持续了二十多分钟。县委副书记，一位语感极佳的女同志，笑容可掬地说："旱了好长时间了，正盼哩。张大姐真好，把雨带来了，把好事带来了，把财富带来了。"

以上文字，谨志张大姐一行贵州行之片段印象。刚听说，掌布景区申请"国家地质公园"似已成功，该是可喜可贺。

原载于《贵州日报》2005年11月18日

鼓楼听风

五月，红枫湖，侗寨。过花桥，便是置于青松、横于青天之间的青色鼓楼。

楼底仰望，左右螺旋形盘梯，自有一股吸引力，如龙卷风，举着带一丝怯意的观光客，不经意间，便上了楼台。楼台为正六边形，上罩飞檐尖顶，周遭是几何形孔洞的窗围。

有风自窗孔徐徐涌来又徐徐渗出，无声，然而有力，融合着正明媚的山光和正艳丽的水色。这里，在风中，便成一个另具魅力的场所。

我虽是第一次踏入鼓楼，却已唤醒了某些特有的文化细胞。无声的风，似在呐喊，给人勇气，让人果敢，贯注着一种坚定的自信和恒久的耐心。由此，我似明白，何以侗家的先祖要在这鼓楼里商议各种大事。

于是，如潮的歌便奔向了我听觉的领空。小小的鼓楼台，便有了“大风起兮云飞扬”的勇武；有了“天苍苍，野茫茫，风吹草低见牛羊”的辽阔；有了“起于青萍之末”的宁馨和高贵。

忽然，一阵紧风，掀得一片惊叹，刘姑娘的旅行遮阳帽从头上飘起，与长长的黑色秀发眷念了一下，在几何形窗洞口稍作停留，便出楼而去。

红黄相间的帽子，像一只彩色的鸟，展翅翱翔于碧绿的水、青翠的山和透亮的阳光之间。

刘姑娘和徐姑娘肩并肩，带着甜蜜、恬静而又有一种神圣意味的微笑，注视着远方。透过动人的娇容，我坚信，是她们放飞了心灵的鸽子，在广袤、悠远的大自然中，去寻觅人类本真的美好和善良。

原载于《贵阳晚报》1992年6月14日

杜鹃花情思

一位地质队员的妻子收到了年轻的丈夫从遥远的山隅寄来的一张“百里杜鹃”的彩色照片，大海一样绵亘不绝的青山映衬着五颜六色的杜鹃花，漫坡漫野，涌出了云海变幻的波浪。妻子的脸庞光灵灵的，像清晨湖水中朝霞的倒影。泪珠似一对鸳鸯，从水面轻轻划过，把无限的柔情撒播在了怒放的花朵上。

以前，她只知道杜鹃花火红火红，像是丈夫挚爱的拥抱；眼下，照片上的杜鹃花不仅有火红的，而且有素白的、金黄的、蓝紫的和各种底色带褐色斑点的……直如丰富多彩的生活：跳跃、活泼、悠远、宽厚、博大、深沉。

那天早上，丈夫含着泪，但神态毅然地走了，连早餐都没吃。他说，他必须去山里，不然，他会枯死的。此刻，妻子似乎领悟到，如果把丈夫拴在身边，她就会失去许多无价之宝。丈夫对自己的爱是非常执着、强烈的，且又是温柔、细腻的，这不就是因为他吮吸了大自然雄浑阔博的乳汁而得来的吗？红杜鹃花，是青翠的大山的精灵，热烈得令人心旷；白杜鹃花，是澄澈的溪流的倩影，柔媚得令人神怡；风风雨雨黄紫褐，经历风雨和艰险的磨难，谁不珍惜人世间的情谊呢？

照片上的杜鹃花朦胧淡化了，扩散到整个天宇，幻现出丈夫那熟悉的笑靥。年轻的妻子低头对腹中的胎儿轻声细语：宝宝，宝宝，看见了吗？这是你爸爸哩！

原载于《贵州地矿报》1988年12月15日

过眼雷公山

苗岭主峰

山高人为峰。“苗岭主峰雷公山”——王朝文老省长题字的石碑，端庄地站在山顶。太阳来了、太阳走了，月亮来了、月亮走了。雷公山，百年、千年，万年、亿年，在这里。梦中充满硝烟与祥和，偶尔睁眼看看未来。山顶的泉眼，早已窥得天机，满不溢、枯不浅，惯看熙熙攘攘，睥睨尘世群雄。心如止水，透着穿越历史血与火的淡定。坡顶的杜鹃，花谢之时即打苞之日，那一时的灿烂，是长期艰辛的孕育。于是，风流泪了，却每一滴都是快乐。洒向山水之间，云开始游弋，雾开始缭绕，期待某一天、有缘人，观赏清晨日出，酡红的笑靥。

千年古树

人生不满百，常怀千岁忧。你就在“千岁忧”的那一端，静立。树欲静而风不止，世间的刀戟戈剑，自然的风火雷电，枝枝叶叶，扑簌簌，筛下一地阳光碎片。一声叹息，战神蚩尤，天幕上高大的身影，翠绿苗岭。十个一百年、一百个十年的叠加成长，时间并不虚空。充实茁壮的躯干和遒劲的枝丫，伸展向上，可摘星星。飞鸟的飞鸟的飞鸟……呢喃细语，祖先的祖先的祖先……遥说当年，于是，披红挂彩了、香火旺盛了，祈福、祈福，在精神黑白的天空，勾画鱼酸酱般曼妙神话。

百年水碾

两百年不舍昼夜，从十九世纪初走到现在。乌东村苗寨，留着这个传奇。吱吱嘎嘎单调的音声，抚摸着青苔的绒毛，吃力地转动，却是水花欢快的歌谣。起点和终点都在一个点上，碾盘和碾槽叙述着石头洪荒的故事。一圈一圈又一圈，这对恩恩爱爱的伴侣，用絮语编织，蔚蓝如甜甜圈般的童话。于是，稻谷蜕去金黄的外衣，白花花的大米散发着芳香，在餐桌上优雅地舞蹈。生命在愉悦中表达，稻田鱼在静夜里，从秧苗的缝隙间啜吸月亮。碎银泛起，装饰村庄梦境。

悠悠蝉声

远远近近，起起伏伏，任你阴晴圆缺，任你悲欢离合，在太阳和月亮的旋律中绵延。生命的表达，灵魂的欣愉，言之不足故歌咏之。歌养心哦，侗家人的生活空间中，想象的大树疯长，艺术的青草繁茂，历史文化的大河清溪，流淌着《蝉之声》满满的音符。天高了、地阔了、云淡了，雾却浓，夜却深，流水与岩石静静相偎。渺渺穹宇，万籁俱寂。一声脆响，再一声脆响，无伴奏合唱，自大山深处升起。居高声自远，朗朗满乾坤。

云与雾

把时间从白垩纪岩层抽出来，苗族飞歌开始漫山遍野飘浮。棉花糖好甜，蓝天上白云朵朵。让年轮从考古学树干伸出来，侗族大歌开始男女老少合唱。鸡冠花真红，山谷里迷雾浓浓。仰望彩云飞，圣洁氤氲；俯察浓雾走，神秘莫测。有了云，才有了琵琶歌柔媚消魂；因了雾，勾画得芦笙舞翩跹摄魂。云缭雾，雾绕云，缠缠绵绵，青草绿叶。嬉戏玩耍，蛇龙变幻，瞬间绘出一幅又一幅朦胧画图。腾云而驾雾兮，拨动茶树成排的琴弦。还去哪里呢？云雾银球茶，仙境在此间。

原载于《贵州日报》2015年7月24日

馋嘴猫

猫嘴馋，人嘴更馋。

这话用到“张老头”身上，再恰当不过，因为他敢吃猫肉。并且，多是在大年初一！同时，又是在一个特有场所获得那猫的。要知道，那年月地质队里的伙计哥们儿文化水平都是有限的，以为猫乃有灵气之物，说话间都含有一种敬意，谁还敢吃。这种心理意识状态下的哥儿们，要是知道有人拿猫肉解馋，不揍他个半死才怪。然而，张老头敢吃！

张老头本名张国成，半是念着谐音，半是脾气随和，大人小孩子都清一色叫他张老头。张老头不见怪，因为见怪了人家也不理他，于是任人叫去，即便三五岁的毛头小崽喊说张老头怎长怎短，他也乐哈哈地点头或是答应。

张老头的长相极富特征，也就是那种见过面不会忘记，下次看到不会弄错，给人讲起来很方便的那种人。厚嘴唇，蒜头鼻，凹眼睛，凸额头，长长的寿星眉，花白稀疏的头发后梳着，脸瘦而短，皮肤红得瘆人。

或许，因为这长相特别是那厚嘴唇，平日里，张老头的话不多。作为听众，他常常令说话者非常感动，专注的神情，像三岁的孩子听老外婆讲大灰狼的故事。

然而，有一个话题是你提不得的，那就是“吃”。只要说到“吃”和有机会说“吃”，张老头一反常态，往往是舔一舔嘴唇，吸一吸鼻子头，便口若悬河，滔滔不绝地一泻千里。他的眼睛里，蕴藉着一缕神圣庄严的光芒。

这方面，张老头是绝对有资格的，谁也比不了他。在地质队三十多年，凡见到的天上飞的、地下跑的、土里钻的和水里游的，都吃过，并且，吃得很成功。捉了耗子，烫了皮吃；撬了蛐蟮[1]，穿了肚子吃；揪住癞蛤蟆，剥了皮吃。油煎蚂蚱，吃；水煮泥

---

[1] 蛐蟮：贵州方言，蚯蚓。

鳅，吃；火烤豆狗[1]，吃；蒸熟的鼻涕虫，也吃。吃老蛇的时候，将锅子放在屋前的空地上煮，说是怕屋顶的尘灰掉到锅里产生毒性，又说蛇肉的香味最吸引蜈蚣虫，而蜈蚣虫也最喜爬到蛇肉汤锅里撒尿，因此凡煮蛇肉，张老头总是目不转睛地瞪着锅子，如临大敌。

说来更有意思的是，张老头还有一手吃羊胎的绝招，那是外人不知的。因为外人不知，便特别地有一种迷人的色彩。别人吃羊胎对身体只会产生“消”的效果；而他吃，则会获得“补”的功效。绝招说穿了很简单，只算得丑招，也就是把那羊胎连同羊水一道稀里哗啦地煮了，便有了美味，也有了营养的补。

认了真说，以上那些吃与吃猫相比，只能称作“毛毛雨”。说到吃猫，张老头是最兴奋的，他的激动从他那不停地舔吮着多肉的嘴唇的动作中毫不掩饰地呈现出来。如今想起来，张老头的兴奋很有道理，因为处于他当时的环境，吃猫，不单是吃肉，还有一种丰厚的文化的含义在里面，更有一种向现实挑战的意味，所以，吃猫可以获得双重的满足，得到生理性

[1] 豆狗：贵州方言，豆天蛾的幼虫。

的和精神性的享受。不兴奋？那才怪哩！

张老头弄到那只老猫，并不是成心的，纯属偶然。那天，大年三十，地质队的伙计们都回家了，张老头留守看家很是无聊，但坐在坑坑洼洼的门槛上掏竹烟竿里的臭油，一任寒冷的风拂过他的面颊。忽然，有什么东西拨弄他的脚，低头看，是一只灰黑的老猫，正可怜地注视着一只苍蝇在空中舞蹈。

张老头与老猫极熟悉。很多年前，张老头就因看见了年轻的老猫而失眠过。从第一眼起，张老头就觉得这只猫是专为他而活着的，早晚会成为他的盘中餐、口中味。长期以来，张老头受着一种想干而不敢干，不干又不甘心的情绪的折磨。地质队的文化氛围对于猫是太有利了，张老头可不敢随便得罪那些五大三粗的汉子们。同时，他也怕自己要是认真地杀了猫吃，说不定会由于蓄意谋杀之恐惧而良心自责。可是，在张老头的思想里，他总觉得伙计们看到猫时有一种特别的神情，根据他自己善吃的本性，他知道这种神情并不是敬畏，而是一种吃的欲望。正因为人人想吃，于是大家都不敢吃并且不让别人吃。这且不说，还要造出一堆文化理由来禁锢那些坦率的人。

这些原因，从反面刺激得张老头想吃猫，吃的欲望格外强烈。到后来，只要想到吃猫，张老头竟会因为激动而生出窒息之感。这种感受，超过了他面对女人时的兴奋。

此刻，那老猫就在他的脚下。张老头的右手不由自主地抓住了镇门石上的斧子，凹陷的小眼睛四处巡视，心绷得要爆炸一般。斧头高高地举起，就要下砍的那一刹那，斧头斜斜地滑落到地下，溅起了星星点点的泥屑。张老头的手心汗津津地冒着热气。老猫向后退了一步，奇怪地看着张老头。见没有什么动静，老猫又靠近张老头，脖子在张老头的脚杆上蹭了两下，随即笨拙地跳上张老头的膝盖，伸出舌头，在张老头的皮裙上舔了起来。

这皮裙自然是有些油腥味的，那老猫兴许是因为老了的缘故，并不在乎皮裙上刚弄上的不少烟油，颇有滋味地舔着。

张老头呆呆地盯着猫，脑袋里一片空白，直到猫舔得不再愿舔，比平日更蹒跚地走了的时候，张老头也还未回过神来。

忽然，一声尖细的、带着呜咽腔调的声音从茅房方向传来，张老头才猛地一惊，心想，有好戏了。他慢慢踱过去，在茅房里细细地看了一回，带着心满意足的神情回到被木板隔夹的房间，甜甜地睡了，厚嘴唇“吧唧”地喷个不停。

傍晚醒来，张老头只随便烤了两个红薯、两个洋芋，算得一顿三十夜的年饭。他的心思，全在茅房那边厢。过了一会儿，张老头去了一趟茅房，用乱草裹了一坨东西回来，轻轻地放在了屋角。回头点上煤油灯，看看门是否关紧，再看看四壁。他知道左墙上有一条缝，便拿出珍藏的报纸，先检查一下，确认上面没有老人家的像，才用浆糊贴了报纸遮缝。他极不愿也极恐惧外面有人偷看到下面要发生的事情。其实，他完全用不着担心，这时的地质队里，在大年十五以前，只会有他一人在。

乱草裹着的东西暴露了出来，是那只老猫，只是已经死了，瘫瘫地趴拉着，浑身散发着茅房的恶臭。张老头用葛藤拴了猫脖子，挂在墙柱上，从床板下取出锋利的夹子刀，开始剥皮。在张老头的眼里，这老猫是一件艺术品、一件散发着芬芳的装饰品。那恶臭和那红翻翻的猫尸肉，刺激着张老头的感官，使得他不时发出一两声愉悦的“哼哼”。

猫肉终于装入砂锅，放到炭火上。铁丝做成的三角支架挺挺地立着，轻柔的火苗舔着锅底，一切都是梦寐以求的情景。张老头斜靠在木板床上，咂着叶子烟，不时拨弄添加一下炭火，在一种控制和延长着的快乐激动的心情的状态下开始和完成了年三十夜的守岁活动。

大年十五以后，我到了地质队。张老头拉着6岁的我进了他的屋，从床脚下拿出了他那浅黑的、锑皮做的大茶缸，左手的拇指和食指从里面拈出了一团叫不出颜色的东西让我吃，并问好不好吃。我说很好吃，他便笑了，开心得不像一个大人。他让我不要讲出去，说这是猫肉！

好多年过去了，张老头那发自心灵深处的愉快的神情，在我脑子里，鲜活得像发生在今天上午。他那兴奋的模样，又与他另一张沮丧的脸相映衬而愈加鲜明。

沮丧表现在他临死前。本来，外人都觉得张老头有着吃得辉煌、吃得淋漓的一生。他也有过失败，或许是唯一一次失败，他要不讲，是不会有人知道的。

但他在西去之前，还是讲了，就像基督徒做最后的祈祷和忏悔。

那是吃猫肉后不久的一天，他在一段枯木上看见了一堆菌子，心想伴随着猫肉的运气，这必定是好东西，很可能就是好吃的棉花菌。可是，尽管用文火煮了两天两夜，那东西仍然嚼不动。张老头的自信、自尊心受到强烈打击，他把这次事件看作了他一生中的奇耻大辱。

是的，要是张老头没有这次“菌子事件”的话，他一定会死而瞑目，含笑九泉的。可是，不该发生的发生了，可以避免的没有避免掉，他的灵魂安宁吗？

原载于《高原拓荒人（小说卷）》

风吹红旗

相约剑江，溪水潺潺，波光潋滟中，我似看见、听到“是那山谷风，吹动了我们的红旗……”

驱车百里，赶赴都匀，在东方记忆文化园区的三线建设博物馆，和编辑《杜鹃花》夏刊的老友新朋相会，握手言欢，数十年沉淀的“乡愁”直袭心扉，看得见、望得见、记得住，那“感觉”浓得化不开。

见到袁浪先生，仿佛我和他三天两头都在一起谈天说地，熟悉得可以不用打招呼。时光回溯至1984年，贵州省地质局创办文学刊物《杜鹃花》，李绍珊先生任主编。那时局里的“生态”真是好啊，我总会想起像周述质、纪森这样的老同志，宽容大度，正派公允，满满的正能量。

袁浪先生和我是副主编，他一口湖北腔调有板有眼，似乎注定我在往后的日子里与“湖北”的不解之缘。见到我，他当然是高兴的，“你来，是为了这份乡愁”，依然是妙语连珠。来参加刊物编辑工作，对他而言是额外多出来的事情，可来可不来，他来了，和大家在一起，他说这是要对上自己的“感觉”。虽未细究，却感大有深意。想当年，他的《古楼侠影》横空出世，名噪一时，黄鹤楼下那“铁头”的故事，至今仍令人津津乐道。

续缘的惊喜，是袁浪先生的长公子天笑的评语，说读了我一些文章，文学与政治融合得很好，“没有深厚的沉淀是写不出来的”。我脑子里冒出一句现成的话：“打虎亲兄弟，上阵父子兵。”

一个“画面”是奇特而惊叹的，我们当初在局招待所编杂志，觉得袁浪先生“当时”就像“现在”这样“老”，时间似乎被屏蔽掉了，此情此景怎么就像这样“一模脱壳”[1]？

这次剑江相约能够成行，一个重要原因是陈跃康同志热情相邀。他的热情是真诚的，对我的履约，他由衷地说“太好了”，并详细介绍有关情况，很亲

[1] 一模脱壳：贵州方言，表示一模一样。

切。和陈跃康同志打交道相对而言是较多的，在平时也相互关注，我感觉，他心里有盏灯，胸中有团火，看清了若干世相俗务后仍保持了文学创作的热情和闯劲，十分难得。

在当今潮流下，这种状态必须有坚定的信仰和追求才能稳得住。丰富的经历没有成为陈跃康同志奋进于文学艺术的包袱，而是转化为实实在在的推动力量，在本真中淡泊于“名”和“利”，循内心的声音，像袁浪先生所言，“向着太阳飞去”。倾注心血催朵朵杜鹃花开放，不愧为第五任《杜鹃花》主编。

陈跃康同志这次和欧德琳、管利民、王国甫、路广照、王康年、林小会等众，聚于剑江编稿，保持热情乃至激情，我看到的，他们做到了。这里是局104地质队的地盘，“一把手”张忠俊先生亲自张罗，大家心里是“暖和和”的，也让编辑工作“稳笃笃”[1]的。

这里还要提到龚章河，他是《杜鹃花》创刊号的一名作者。签名赠书《我的故乡601》，副标题“一个亲身经历者眼中的地质队的历史”，冉正万写序，陈跃康作跋。

---

[1] 稳笃笃：贵州方言，表示稳妥。

夜晚，笼罩在蝉声、鸟声、风声、虫声的混合奏鸣中，剑江的歌声自在悠扬。三十七年的分分秒秒、零零碎碎，都在眼前、身边、手里，意念中的杜鹃花愈发灿烂。坚守和进取，看编辑同志每人一部“手提电脑”，已觉在“鸟枪换炮”的历史中脚步铿锵，文化传承的红线因“是那狂暴的雨，洗刷了我们的帐篷”而更加热情、专注、静心。

之所以如此，历史和实践宣示，我们行的是大道，“是那天上的星，为我们点燃了明灯”。我们用成绩、成果、成就回答了一切。以欧阳黔森同志为代表的地质文学创作，累累硕果已证明了它在贵州文学、中国文坛上的地位，并具有了世界影响力。我想，如像《伟大的转折》《花繁叶茂》这样的作品，我们怎么点赞也不为过，它们让《杜鹃花》放射出耀眼的光芒。

“我们有火焰般的热情”，在地质文学创作战线上“寻找出富饶的宝藏”。这是《杜鹃花》砥砺前行的写照，信仰、使命、责任，我们装在心中、扛在肩上。

在我们眼前，《杜鹃花》是多彩的，开满山野大地；《杜鹃花》是火红的，映照朝霞天空；《杜鹃花》是开不败的，盛开在地质人的心间。

这是我心中的“童话”，永恒的话语，不管情节如何曲折，故事的结尾总是相似，也是我世俗的愿望，“他们从此过上了幸福的生活”……

原载于《贵州政协报》2020年8月4日

漫眼花甲颂巾帼

“休言女子非英物，夜夜龙泉壁上鸣”。当收到省妇联《巾帼情——贵州妇女在共和国旗帜下成长》约稿函，革命先驱秋瑾犹凤鸣长天的诗句，金戈铁马般驰骋于我脑海，不禁为新中国成立60年来，在人杰地灵、多彩丰盛的贵州热土上，广大妇女自强不息、与时俱进、创新创业、孜孜求索的事迹感怀万千。春秋六十载，贵州发展建设的成就，饱含各族妇女的心血、智慧和乳汁，勾勒了一幅幅波澜壮阔、辉煌绚丽的历史画卷!

新中国的春雷，摧毁了性别歧视的制度樊篱，唤醒了中国妇女整体权益的意识。“谁言女儿不如男”在这个激情燃烧的岁月展演；妇女头顶“半边天”，挺直脊梁投身祖国建设的火热战场；平等的大门敞开，妇女禁闭千年的权益光华火山般迸发。妇女改变着政治，从专制到开放，从僵硬到柔和，从单调灰暗变得多姿多彩；政治也改变着妇女，从依附到独立，从柔弱到坚强，从囿于油盐柴米酱醋茶到心怀天下大业……

沐浴时代春风，眺望锦绣前程。在党的坚强领导下，贵州各族妇女把实现自身价值与服务贵州经济社会发展紧密结合，自觉担负起历史赋予的光荣使命，在促进改革、推动发展、维护稳定中发挥了“半边天”作用，为贵州历史翻天覆地变化和经济社会发展的奉献彪炳史册，赢得了社会的尊重与赞扬，实现了自身的进步与发展，彰显了“自强自信、开放创新、能快则快、团结和谐”的贵州精神，展示了自尊、自信、自立、自强的精神风貌，奏响了一曲又一曲豪迈动人、激情飞扬的巾帼之歌，涌现了一批又一批矢志不渝、自强不息的巾帼英雄。从扎根山区为蔬菜发展的全国著名蔬菜专家李桂莲到倾力调解邻里纠纷的中国十大杰出母亲喻朝芬，从用鲜血和生命捍卫公平与正义的基层法官蒋庆到为病人操劳奉献的南丁格尔奖获得者舒雅香，从带领下岗姐妹艰苦创业的全国劳动模范祝济英到把简陋餐厅经营成中国私营企业50强排行榜第5名的陶华碧……她们执着向前、经风历雨、不懈追求、无悔人生；她们聪明智慧、勤劳勇敢、吃苦耐劳、甘于奉献。她们既有“不畏浮云遮望眼，只缘身在最高层”的高尚理想，又有“纵被春风吹作雪，绝胜南陌碾成尘”的执着精神。

“妇女彻底解放之日，就是人类彻底解放之时”。妇女在民族、民族文化的传承上，具有不可磨灭的卓著功勋。翻看中国历史的影册，广大妇女在侍上、相夫、教子中，默默无闻地继承、延续着民族、民族文化。在今天建设中国特色社会主义的伟大事业中，时势造英雄，英雄助时势，卓越女性群星灿烂，推动着中华民族伟大复兴。马克思说：“社会的进步，可以用女性在社会发展中的地位来精确地衡量。”诚哉斯言！改革开放的推进，离开了妇女无异无源之水；和谐社会的构建，离开了妇女岂非无根之木？重视妇女发展，实现男女平等，求得妇女的彻底解放，促进妇女与经济社会的协调发展，已成为当今国际社会共同的理念，是我国建设现代化国家的必然选择，是世界人类迈向理想王国的必然道路。

追求平等的权利是妇女解放与发展的逻辑起点，也是一个实践的、历史的长期征程。要充分认识到，即便国家根本制度及法律对妇女平等权利予以确认，也并不就是妇女已完全就获得现实的平等社会地位。妇女真正的、彻底的解放，得到与男性在人格、机会、权利平等基础上的可持续生存、生产、生活和发展，还有赖长期努力。相当一部分妇女劳动就业遭到用人单位的歧视、家庭暴力时有发生、妇女的合法权益常遭到侵犯等现实社会现象，让我们深感任重道远。是的，我们承认男性、女性生理上有差异，并由此生发有关方面的一些差异。但是，没有差异，就没有世界。世界是差异的多样统一。“和实生物，同则不继”。我们要异中求和，和中存异，实现男性女性心理上的和谐，从身体到灵魂、从行为到思想、从无形到有形、从个人到集体，形成一个和谐的世界。

妇女真正的彻底解放，同人类真正的彻底解放，是一体两面。没有妇女的解放，就没有人类的解放。妇女的解放和发展，是一项千秋伟业。妇女的生存状态和发展水平，影响着社会的协调运行，关系到后代人的可持续发展。妇女素质的提高，妇女的平等参与，妇女的全面发展，是经济社会和人的全面发展的根本保障。西谚云："推动摇篮的手是推动世界的手"。拿破仑则说："祖国未来在母亲们身上。"推动妇女发展，是我们永不言弃的追求！

万里征程风正劲，轻舟漂越万重山。摒弃男尊女卑陋习，消除男女性别歧视，促进妇女发展、维护妇女权益、实现男女平等 "路漫漫其修远兮"，需要妇女自身不懈奋斗和整个社会"上下求索"。让我们携起手来，用爱心与责任，唱响科学发展、共建和谐的主旋律，成就光荣与梦想；用心血和汗水，谱写妇女更加辉煌灿烂的历史篇章。

礼赞贵州桥

贵州桥，是历史的心跳、是文化的沉淀。“蜀道难，难于上青天。”诗人李白的千古慨叹言犹在耳。民间感言，黔道之难，难于蜀道。“连峰际连天兮，飞鸟不通”。修路必修桥，路通桥先通，桥是路的真正纠结点。从“赵州桥”到“粤港澳大桥”的古今延续，人们对桥的内涵认可并无实质性变化。毛主席《水调歌头·游泳》“一桥飞架南北，天堑变通途。”“神女应无恙，当惊世界殊”，在即景即时的无限赞美中抒发人定胜天的豪迈。人们对修桥补路始终保持着一种虔敬的、褒扬的道德赞赏，可见桥在民众心中的地位。“一横长桥连接历史，守护山水妙笔丹青/集合古今活跃现实”（李发模）。时间是没有记忆的，历史是有记忆的。顺着历史而来，感受历史在现实中的记忆心跳，放眼横卧在崇山峻岭中贵州大大小小的、形态各异的、材质造型各具一格的桥梁，难道能不为之点上100个赞吗？！

贵州桥，是挑战的险地、是创新的福地。沟壑纵横，河谷深切，没有平原支撑，位于云贵高原，处在长江水系、珠江水系上游。地理环境极端险峻的贵州，无论修筑公路、桥梁，还是修建铁路、隧道等，其建设难度都是一等一地高于中国其他平原地区。客观的地形、海拔条件给贵州的路桥建设带来重大挑战，事物的辩证法在于，同时为建设者们提供了积累经验的机会。贵州桥梁人不辱使命，一代人一代人接续奋斗，将挑战变成机遇，依贵州独特的地质环境，孕育出诸多独特的造桥工艺，几乎每种形态的桥，都能在贵州找到相应的“明星”——收录进大学教科书的江界河组合拱桥、号称中国第一的坝陵河悬索桥、实现建桥专家多年构想的乌江吊拉桥……我们古时的贵州先人们，就已发展出百步桥、风雨桥、石拱桥、铁索桥等千姿百态的桥型。我们现在，建成了蜚声世界的北盘江、鸭池河、清水河、坝陵河等大桥。20世纪90年代，我在省政府办公厅工作，参与接待了一个来自美国的代表团。代表团经过5天的考察后召开座谈会，对贵州桥梁毫不吝啬地竖起大拇指，大发感慨。一位白发苍苍、戴宽边眼镜老人的发言，至今仍印象深刻。他说，这次来的有几位是著名桥梁专家，但几乎没什么现实作品；这几天在贵州看到的，都是精品力作，看得眼花缭乱。

贵州桥，是想象空间的激情，是希望所在的自信。贵州是世界上特大峡谷桥最密集、数量最多的地区。已建成公路桥梁2.1万座，单幅总长约2500千米，其中高速公路桥梁占三分之一；在建桥梁5000余座，单幅总长1000余千米，其中高速公路桥梁1400余座，单幅总长900余千米。贵州是名副其实的“桥梁博物馆”，数量多、里程长，还几乎包揽了当今世界所有桥型。由世界众多桥梁爱好者建立的名为“Highest Bridges”的英文网站于2018年4月公布的名单显示，目前高度在全球排行前100名的桥梁中（包括在建的桥梁），有45座位于贵州。更意味深长的是，每座大桥都是一种挑战，同时也是一个机遇，在茫茫群山中凸显出特殊的价值和作用，可以装下你所有的想象力。比如，北盘江特大桥，跨越“世界大峡谷”——北盘江峡谷，桥面至江面高差565米，号称世界第一高桥，全长1261米，最大墩高170米，大桥主跨采用290米的预应力混凝土，结构为世界首创的空腹（斜腿）式连续钢构。再如，坝陵河大桥，主梁包括钢桁架和正交异性钢桥面两部分，正交异性钢桥面由面板、U形加劲肋、纵向板肋、横隔梁和倒T形纵梁组成整体，形成正交异性板结构。正交异性钢桥面直接承受车辆荷载，正交异性钢桥面与钢桁架之间通过支座连接，加上橘红色桥体的映衬，与青山绿水完美交融，浑然天成，仿佛本身就是大自然的馈赠。此外，还有清水河大桥、赫章特大桥、鸭池河大桥、六广河大桥、香火岩大桥、抵母河特大桥、六冲河大桥、总溪河大桥、乌江大桥、江界河大桥、阿志河大桥、马岭河大桥、武佐河特大桥、三岔河大桥、西溪大桥、红枫湖大桥，等等。贵州的桥梁，毫不夸张地说，每一座桥的设计修建，本身已是一件精美的艺术品，是上天赐予、山峰沟谷成就的奇迹，闯入眼帘的是满满的诗意。

因此，贵州之桥，在诗人笔下，已成为架在民心上最诗意的风景。在这里，“铜铁铆紧的现实真结实/结实的贵州大桥”“每座桥都是一首诗”（叶延滨）。“而北盘江大桥/则以其凝聚的人间之伟力/将大海扛在了肩上”（王久辛）。“高速从高原跑向天空”“桥是天空，是山海，也是太阳/人的肩膀和脊梁是桥/太阳的梦魂是从长桥过来的”（李发模）。“索塔，凌空耸立/不只是地标/更是一座丰碑/镌刻着建桥人/汗水湿透的名字”（周平）。我深信，“美丽是桥的存在感”（小语），于是，我决定抄写《独木桥情结》上的一段话来结束本文：“行驶在立交桥上，尽管那独木桥仍像一条蛇不时在脑海的岸边游动，却更像一条彩虹挂在天边，展现人生体验的斑斓色彩。从此岸到彼岸，心得有一种连接，碰上了独木桥也必须走，不管你愿意还是不愿意，毕竟，我还是走过来了。历程是艰涩甚至难以忍受的，然而它转换的愉悦却是非比寻常，足以让人真正地感到宽慰。”

2019年3月

写于北京

思

若有所悟

我的1957·小雪

昨日小雪
今夕何夕
又见小雪
我的1957

57·57
几多雪霁
几多风霜
几多晨曦

那年那月
我的洗礼
我的诗乡

我的遵义

那日那时
我的小雪依依
梦出发的地方
已有57枚小雪叠起

雪片飞舞
自强不息
知青入天鹅
铁锤敲崖壁
筋骨劳兮身强体健
精神磨兮壮心不已

高考入门贵大
初衷可保衣食
是时百废待兴
当尽匹夫之力
一怀希冀
舒卷九天云翳

满腔热血
笑看四海浪碧
“我是七七级”
“精神的旗帜”
母校之恩泽
感念之挚炽

英气之年当以人生独立
地质转战报在江山无疾
红旗在山谷的风中飘扬
明灯被天上的星星高举
那狂暴的雨那火焰的情
一幕幕壮怀激烈飞鸣镝

师从先生徐中玉
蓄养一身浩然气
世事洞明皆学问
人情练达好文笔
学而不厌切磋天下大道
诲人不倦意在解惑释疑

为学不求甚精但求甚解
为师不求圣人但求圣语
修身立节堪羡芝兰玉树
做人做事秉承忠信孝义

自强不息追求人生理想
矢志不渝坚定马列信念
思想征程不辞千辛万苦
行政职场不分节假昼夜
组织协调哪容差失毫厘
悉心谋划岂敢三心二意

“重实际　讲实话”
足及村村户户
言出直面真理
“树正气 养大气”
秉宗旨不忘初衷
为民生执旗仗义
行走在大幕的背后
思想在决策的前期

昨日小雪·今又小雪
我的57·我的57
一次次感受您的温度
一次次高擎您的灵器
半瓶淡墨水
一支旧钢笔
此心光明
夫复何异

原载于《贵州日报》2014年11月21日

又是小雪

昨日小雪
今又小雪
我的1957

57 · 61
几多风雨如晦
几多阳光摇曳

那年那月
我的诗乡
我的遵义

那日那时

我的小雪
我的开始

朝着梦中的地方
61枚小雪
61段距离

少年鸿鹄
恨无羽翼
昂首向前追精神之旗

天地变风雷急
一条会飞的鳛鱼
筚路蓝缕壮心不已

入门高校贵大
花溪朝霞追风去
“我是七七级”

地质杜鹃花

报在江山无疾
山谷的风吹动着我们的红旗

师从大师徐中玉
养得一身浩然气
行走台前幕后不计宠辱得失
坚定马列信念矢志不渝
追求人生理想自强不息
献计出力岂敢三心二意差之毫厘

“讲实话 重实际”
沟壑纵横千万里
鞠躬尽瘁六十又一

殚精竭虑牢记初心宗旨
一次次搂着党的温度
心灵燃烧的火把永远高举

原载于《贵州日报》2018年11月30日

苟坝的灯光

濡湿的春夜
被山雾重压
万物萌动的季节
万籁一片悄然
“呵——”
只有岩公鸡发一声梦呓

伸手不见五指
是怎样的颜色
前进的方向在哪里
举枪的动作如何一致
曲曲折折的田坎

上上下下的马灯

这一豆光
把命运扛在了肩上
这一束光
把未来攥在了手里
夜空中北斗七星
老百姓抬头望见

每个人心中有了一盏灯
燃起了东方的红太阳
历史的轨道延伸至远方
真理的光芒由此照亮前程
军队“跟着走”打胜仗
人民“跟着走”奔小康

原载于杨杰编《苟坝红》，贵州大学出版社2019年6月版

娄山关冬韵

一

湿漉漉的喘息
揉碎漫卷的云朵
沟底的草尖
峰顶的残叶
牵手
山垭口游荡的风
石阶小径弯弯曲曲
蛇一般缠绕思绪
枪炮声在记忆中轰鸣
挥舞长鞭
正是月黑风高

驱赶雨雾的羊群
把残阳藏在血红的心底
看天边曙光羞涩

二

山岗冰霜清辉
巨人正在沉睡
月色披在肩上
温柔了峭壁的皱纹
流泻的银光
贮满一月的杯
起风了
来自江西
旗帜抖动
把战士从梦中吹走
嫦娥吴刚起舞
放眼看忧郁的兔子
寂夜太冷
渴望翅膀飞腾

赤水河短笛

赤水河，绿染三百里
群竹狂舞
一支短笛
悠扬

赤水河，红云烧天际
四渡出奇兵
神龙游弋
归居北京

赤水河，星星水草相映
盐工号子遏云
醇酒如电似火

灼魂

赤水河，河水永奔流
只与苍穹对话
留下岩石思绪
聆听短笛

花溪三章

看山头的飞云

飞云亲吻山头花开四季
飞鸟追逐花絮碧水长流
放鸽桥上的憧憬
装饰行旅的脚步

麟凤龟蛇四山
恰如顽童嬉戏
惯看人来人往
水影摇曳百步跳蹬

大将山肃穆威严

似动画般有趣
口口相传黄金大道
今天正式册封命名

珠江长江分水岭
牵起两条绿飘带
一头拽住广州
一头拽住上海

听流水的声音

溪水在青石上折了个调皮的浪花
透露一个小秘密
湿漉漉的桃花岸
草木枯荣千百岁

南明河不舍昼夜
低语子在川上曰
慨叹逝者如斯乎
恩来夫妇奋楫荡舟

赫拉克利特的河流
穿越历史喊话隔空
山涧鸟音幽鸣
一溪烟雨逍遥

任凭风云变幻
任凭波谲云诡
花溪
在这里……

展笔墨的意蕴

王阳明的花开了
漫山又满坡
十里河滩天然
花圃农田细数

巴金萧珊新婚燕尔
《憩园》赋予西舍生命

世界吻我以痛
我仍报之以歌

从私人领地走向公共空间
从“花佬佬”中蜕变
过眼多少风流人物
谁解沸血的烧痛

花溪的浪漫
在你的手中
花溪的美丽
在你的心里

白云看花

吞吐五月
蓬莱仙界
时间的哨音掠空
花就齐刷刷地开了
细雨纷飞

樱花弹泪
苗族飞歌
跳起芦笙舞
侗族大歌
合唱无伴奏
泼刺刺缤纷
杀入眼帘
不屑于争奇
不稀罕斗艳
却是欢乐尖叫着
滚下白云的山坡
红的
泼染朝霞
黄的
浸染大地
紫的
韵染山岚
多情白云人
七色舞彩练
雾尽又添山一峰

一双笑靥黄藤酒

江山风月

正是天朗气清

挥一挥衣袖

送白云入山

鹰已倦

蜂已懒

花开花谢两由之

煞白闪电

乱云争渡

我自拈花一笑

心境不老

风景年轻

原载于《贵州诗人》2016年第3期

不敢靠近……

——写在“十二背后”的背后

一

借王阳明一双慧眼
看见你在那里
隐藏了七亿年
石头在双河溶洞开花
岩浆奔突　烈焰吞吐
撕心裂肺　沧海桑田
一百年生长一点二厘米的秘密
终于露出蒙娜丽莎的微笑
不敢靠近幽深的时间
十二为王谁与比肩
无际又无涯的遥远

我只能兴叹

二

漂浮在宇宙
银河系的媚眼
寻找中国地心之门
油桐溪大地缝不过游丝
幕天席地　尘埃一粒
浩渺如斯　想象折翅
水晶洞一片白光
听天青石低吟命运交响曲
不敢靠近雾锁的空间
十二生肖轮番出演
金木水火土的苍穹
我只能仰视

三

独钓寒江雪的老翁

枯坐清溪峡
看三皇五帝尘土
望希腊罗马影子
巧夺天工　运斤成风
鬼斧神工　小儿玩意
最后一把匕首化作倚天长剑
再来一个七亿年也斩不断思绪
不敢靠近意识的原始
十二门徒踟蹰而行
色空之间我思依然我在
不然　同归于寂

“十二背后”位于遵义绥阳，被称为“中国旅游的最后一把匕首”。那里有横跨七亿年时光的中国最长溶洞双河洞，有唯美的清溪峡山水，有奇谲诡异的中国大地缝——油桐溪大地缝，更有与自然完美融合，既现代又古典的双河度假村……是一个集观光、休闲、探秘、养生等为一体的旅游目的地。

原载于《中诗网》2017年9月11日

地质锤遐想

敲打着岩石，
“叮当，叮当——”
是母亲吟的摇篮曲？
是学校鸣的小铃铛？
是情侣的绵绵絮语？
是自然的悠悠天响？

呵——
是新生儿的躁动，
孕育着又一个工厂。

敲呵，敲呵——
“叮当，叮当——”

让青春的旋律在山谷里回荡，
让丑陋的荒岭变娇媚的姑娘。

敲呵，敲呵——
“叮当，叮当——”
敲出明晃晃的朝日，
敲出光灿灿的富强。

原载于《贵州工人作品选刊》1985年1月

黔茶飞歌

序

绿，高出云贵
流成海，垫厚人之境界
仙子般，如一页一页的茶
淌，宇宙人间
诗人落“绿”生魂
以茶籽化石之秀植黔山，
敲开，茶世界的“贵州绿”
“发展绿色经济
建造绿色家园
完善绿色制度
筑牢绿色屏障

培育绿色文化”
然后，我天生丽质的贵州啊
最古老茶故事是绿的
《茶经》《诗经》是绿的
“毛尖”都匀是绿的
湄江河是绿的，“翠芽”是绿的
人心是绿的，雷公山是绿的
绿，是我贵州厚重的底色

第一节　贵州大山守“绿”万代

一

一代，是一百年
一百万年是万代，那是古茶籽的生命
尽管，现在成了化石
但，一声远古的呼唤
携一个惊天谜团，藏
我的贵州大山
与土地老爷做万古千秋的长谈
长谈朱衣巷涂改成的荒冢

长谈沧海改写成的桑田
历史睡了，而那颗茶籽
依然睁着双眼

二

那是一双睁了一百万年的眼睛
如历史的三棱镜，折射时光五彩斑斓
你，绿得依然
一百万年前有了茶树，而
没有“茶”文字，于是
茶树的“绿”抗住地壳的运动
以，化石的姿态依附我的大山

三

造字之人，品着世界上最古老的茶
端坐巍峨晴隆云头大山，看花开四瓣
写下：懂茶之人活一百零八
因为“卄”头读“廿”
廿是二十，加上八十
再加“八”，总和成“茶”字

于是有“善饮茶长寿”之说
超过食米者，米
上八下八，八十八

四

贵州绿，让茶找到了家
一九八〇年七月的一个黄昏
茶人卢其明眼前一亮，晶莹剔透
茶之化石出土，元亨利贞
人间，懂了茶的起源
于是，贵州的山张开嘴角
告诉世界，世界之茶源于中国
中国之茶源于云贵
云贵之茶源于晴隆云头大山
云头大山，守“绿”万代

第二节　贵州丽水酿“绿”千秋

一

水，万物之源如云贵

高原有云有雾孕成“绿”
绿我江山，德润人心
贵州山青如茶，水丽如黛
朝霞晚霞一样红，酿
天人合一，守发展生态底线

二

舀一汪月光沏茶，一九一五年
巴拿马世博会上的都匀鱼钩茶
如一股上窜的绿色火焰
喷薄而出，瞬间
点亮红眉绿眼
绿，让世界黯然失色
那勾魂的芽儿
红男绿女魂飞魄散
异国他乡，为那一瓣瓣鱼钩
捧出心香，揽
世博会金奖，回家

三

那片茶香，抖落历史的尘埃

伴着民国的风雨飘摇
每一枚叶径上
祖先、春雷、野火、惊蛰
杜鹃花……层层飘落
儒，是茶的前世今生
忍耐中，积累风雨
不到最美丽的时候
决不怒吼风霜
逢良时，世博会让世界惊呼
中国OK，OK中国

四

无独有偶，同年同月同日同地
一个用厚厚老茧砸碎茅台酒的人
让贵州丽水酿出的酒，一起高贵
绿，是人间天道酬勤

五

一九五六年的初春，都匀农民
用这形似鱼钩的明前茶精灵

送进京，感恩大中国旋乾转坤的诗人
向农民的儿子润之致敬
伟人毛泽东，把“为人民服务”
写在茶杯上的喝茶之人
品尝了贵州都匀茶后，泼墨
茶叶很好
今后山坡上多种茶
茶叶可命名毛尖茶
然后，我的贵州茶的都匀
“毛尖”，一举闻名

六

“都匀鱼钩”变“都匀毛尖”
是把人心拉直，品
一个民族的沧桑荣光
绿，永恒主题

第三节　贵州沃土养“绿”百年

一

绿，是湄江河的担当

北纬三十度的宽阔水原始森林，衾影无愧
孕，两河走南闯北，肥沃两岸
芙蓉江养鳖国、李白、尹珍
湄江河育沙滩、翠芽、硝烟
幸好，有绿的生命
和一九三七年的风雨如磐
磨快正义的刺刀

二

那个叫竺可桢的老人，抬一杯茶
用精瘦的肩骨，担起浙大千斤重担
带莘莘学子，开始
一场旷古的文军长征
两千六百公里，像一条血色飘带
灿烂一个苦难的年代
追求“绿”，绿出春光

三

茶治疾，绿养心
竺可桢披战火，饮硝烟

忘了，给老婆孩子温一壶茶
妻儿病逝，草葬松山
他，种了一株山茶树
现在开满了花
最后，他也成了一株老茶树
推着满载教科书的独轮车
推着教育救国的梦想
走上讲台

四

一生只等一壶茶，有时
悲愤当茶，眼泪作水
泡出苦涩无比的汤
湄江河，最浓的春天味道
茶香，慰藉世界上所有长途跋涉的文军
喂肥我，民族坚挺的脊梁

五

茶绿心绿，竺可桢思考天文地理
成就了近代气象学地理学的伟大奠基者

原子弹巨匠王淦昌
早晚一杯湄潭翠芽
用平和之心，成就核物理学
在中国的奠基
物理学家李政道、杨振宁
爱一杯湄潭翠芽，有兰馨入脾
揽诺贝尔奖于怀下

六

绿的湄潭有了荣光，翠芽
穿透时光隧道，破译密码抵达

第四节　贵州茶人培“绿”十载

一

绿，生命里最清脆的声音
十年磨剑，折射高原人创造奇迹芬芳
义薄云天的湄潭人民啊
用一片小小的绿叶
为这群西征的文军洗去疲惫

安顿魂灵

二

一片小小的绿叶，为立下
赫赫功勋的科学家带来灵感和好运
一碗清香的茶汤
为这群莘莘学子洗去忧伤
骊歌一曲别情长，藕丝香，燕飞忙。

回首春风，桃李又成行。
天下兴亡俱有责，愿此去，莫彷徨。
云程健翮及时翔，应难忘，耀炎黄。
留得他年寻旧梦，随百鸟，到湄江。

三

绿，是人生最完美的心路历程
一群浙大人来湄潭“朝圣”，面对
浙大的当年和人生
面对湄潭人民的养育之恩
面对那缕魂牵梦萦的“翠芽”魂

怆然下跪，泣不成声……
他们跪“不忘初心”
他们思“继续前进”
他们感“湄江之恩”
他们动“绿茶深情”

四

绿色，是和平的颜色
如站在时间的分水岭，畅游
湄潭大茶海啊，一片翠绿
漫向天际，看得见的是茶
看不见的还是茶

五

茶，茶啊，茶
我的魂跟着您走了，唯有
千秋大业还在脚下
人类，都渴望给自己建一座
茶的博物馆，品一壶翠芽
心即茶，茶即心

六

茶与人的对话
醉倒天下，每一片茶叶
都装着强国梦
那些绿色的旋律在滚烫水中
挽着《国风》起舞，等
陆羽捻须的狂笑
哈，哈，哈，哈，哈……
好你个湄潭翠芽

第五节　贵州茶道“绿”字当先

一

道，自然也
“绿”字跑得快，涂抹贵州山川
2009年十大名茶，绿为先
绿，是高原人的智慧当壶
有智慧当壶，勤劳就可作薪
之后，汗水变甜

二

大唐茶圣陆羽仙风道骨
令，天下茶比拼
沿牂舸江歇脚夜郎，闻茶即醉
赞叹：茶之出黔中……
往往得之，
其味极佳
然后，都匀毛尖绿了
清水江绿了，湄潭翠芽绿了
百里乌江画廊绿了
绿，一路风尘一路歌

三

歌声悠扬，飘到梵净山上
印江云蒸霞雾，“思州方物茶为上”
有“道”，生一生二生三
万物排队，尊佛陀
于“梵净山翠峰茶”
银球茶站于雷公山峰巅
轩辕品过，成高山茶峰界

四

石阡那个远古的老翁，从茶树上
采下一枚古老的传说
酿制石阡苔茶当笔，书写
有苔有茶的故事
凤冈人牟应书
用他厚实的手掌，搓一个经典的故事
从“富锌富硒茶”的芬芳中
不仅浸泡出“绿宝石”，还有
诗，流出

五

时常，会想起幸福的安顺
那位炒小锅茶的少女，把
旧州时光的发条收慢，慢如生活
让“绿”留住
绿，是茶的全部……

尾声

绿，是高贵的“贵州贵”

绿，是“百姓富，生态美”
昔日“苦”字当头之“黔”
“三变”今日春光无限
一切，与茶有关
是沧海变桑田，贫穷变志宽
百，即百茶同姓
百姓同根，百根同绿
绿，是一条线
拴住青山，风行天下
缠住阳光，明媚华夏
抬起高原，我们放歌“贵州茶”

原载于《贵阳日报》2019年4月9日

黔酒劲舞

序篇

一

山水音乐起，“醉美”起舞
瓮、甑、桶、勺、管、壶、杯
舞水袖，声色“合抱”
“走遍大地神州，醉美多彩贵州”

醉千年战国那坛枸酱领舞
溢香汉代，延绵古今
南北朝之天下时辰搬出烈酒
来舞哟，隋唐“女酒”五代来舞

唯我黔之酒韵，独领翩翩

二

黔酒百年传承至巴拿马“一摔成名”
之舞，世界是观众

伴以会飞的鳛鱼来舞
岁月之浪深窖韬光养晦
赤水河啊，中国诗酒的奶汁
奶养大国民风民俗
见证蚩尤、亚鲁王退避三舍为“王”
还有果酒、米酒来舞哟
日月擂动大鼓

三

舞者。呈现我黔人之豪气与率真
缘于一壶酒，内涵天地

如此深情的传世，源远流长
给世界一万个醉的烈性与理由

四

黔酒起舞贵州更“美”
文化、传承与心境为上
居由自义，懂取舍
黔酒起舞有真性情之美
守“青山绿水”
承“工匠传承”
展“开放开赢”

五

黔酒起舞百姓“笑”满堆
大舞台上观众与演员正是四千万乡亲

江河在舞，山水和音

六

放眼有三河
英雄河、生态河与美酒河
每一河都起于冰川世纪
每一河都归于坦荡大海

每一河都云淡风轻于你我

河之圣洁是黔酒血脉
入口微甜与无溶解杂质的山水
流淌

七

云蒸霞蔚间
那些硬度低、微元素含量丰富的峡谷
与略带酸性的紫红色土壤
握手湿润润的热
暖融融的风
高温高湿养神秘
这是我的贵州酒河，沟通人神灵性

酒河酿造人心
天降大任于斯，出产酱香
酱香之“酱”，上是将军之“将”昂首
“酉”是凤，将军站在凤凰台上，明月时有
有凤来仪

酱通音“匠”，勾兑有“斤两”的时光
配置心的秘方
壶中有偌大的山河，融入酒河
开放阳光
精心呵护
飘香于酱，藏胸于酱
酒河居仁由义
深邃于浆，玉液琼浆
这一切，都因有了干净的河

八

干净河结出“河长制”，层层叠叠
书记省长是河长，支部书记是河长
单位主官是河长，辖区组长是河长
“河长”皆为山水之子
“河长”给了每一条母亲河清凉

起舞了，看吧，贵州人的母亲河乌江
贵州人的“姐妹河”南北盘江
贵州人的“阿哥阿妹河”锦江清水江

贵州人的“弟兄河”打帮河芙蓉江
捧着清樽，觥筹交错，推杯换盏
大碗喝干干净净的酒
大碗吃“诗与远方”的肉

九

起舞了，干干净净的河
我们诗意前行在端午给土地加曲
在盛夏给山水发酵
在重阳给岁月下沙
在中秋给故事封藏
然后，我们打开红土种下高粱小麦
在河边种满芦苇
不停地畲菑于阳光和溪流上的折响
粘稠的露水晶莹剔透

我们穿越时光与河流起舞
在赤水河之上与渔歌纤夫的声音逆江而上
爱酒河，母亲河

十

起舞了，河面上有
“古来圣贤皆寂寞，唯有饮者留其名”
水丰人润为万物点亮生活
贵州有干净河11270公里
贵州藏酒坊千座
清水江、红水河、都柳江哟
果酒、红酒、泡酒、米酒、药酒
因云奇幻，因水峻秀，因山缠绵
礁石，沙石，鹅卵石煮浪
波波浪浪起舞，有酒的静穆

起舞，我们懂母亲也懂河

匠人敢舞，匠心你我

十一

“匠”者，心无旁骛也
匠者眼不见红尘名利

匠者之操守清茶一杯

“匠”为工匠
精益求精，抓铁留痕
笃志，决不放弃
入“无我”之境

匠，需“心”守
放下浮躁于“守”
抛开功名于“守”
不畏低谷于“守”
不惧傲气于“守”

十二

“匠”为天酿之舞
水、高粱、糯米、火候、曲、体温、时光
给黔酒注入别具匠心之灵魂

匠舞细腻，色清透明、酱香突出、醇香馥郁
匠舞醇厚，入口柔绵、清冽甘爽

匠舞丰满，回味悠长、空杯留香
匠舞持久，果酒本香、药酒奇效、米酒糯足

黔人情钟于舞，这水与火之舞
是从水里生出火焰
火里提炼含苞待放的春之浪漫
所以懂酒火候与粮食之妙
如我行色匆匆于那抹酒文化片羽
舞匠人之思想
技艺是色香味美
香香的，滢滢的，甜甜的

匠心之愿望产卵，孵日月星辰
点点滴滴，再生月色阳光回报人类
探索酒之成败兴衰壮阔大海
秉烛夜谈九次蒸煮
八次发酵、七次取酒与匠之间的美感
要舞出一位“匠”人的眼眸
给饮者满面红光
哦！酒在让地球生香

十三

舞“匠”者“性相近，习相远”中醒来

抿嘴一杯小酒，舞“匠”正是舞自己

舞匠知精雕细琢为魂

舞匠明精益求精为根

舞匠懂人间万物之味蕾

舞匠把脉酸涩与生粮味之间的取舍

舞匠抬窖池跳舞

舞匠扛高粱入魂

舞匠搬日月入樽

舞匠者，舞着匠，不知乐起

十四

黔酒必欣必有匠人潜心

舞者说：干，干了这杯，说太阳月亮

酒匠舞出哺一条河的真性情

舞者说：大国有工匠成千上万

酒国有酒匠成百上千
我贵州有“工匠故事”“工匠传承”“工匠精神”
“匠人”为师、“匠人”为德、“匠人”为贵

十五

匠人扎堆的河流在涨水
饱满丹霞挂于巉岩
滴落的飞雨滋润我的鉏耨
微生物总是在迂回与折叠中壮大
一张“酒宏图”是河流平缓与机遇的起点

舞匠者知“戒尺加身”
一敲头，头脑清醒，质量先行
二敲肩，勇挑重担，传承工艺
三敲身，身心示范，德艺双馨

酱香劲舞，味蕾悠长

十六

在“酱”旗立起之前

我们不忘记那些曾经震耳欲聋的名字

我们怀念曾经风华的老酒

我们关注一瓶瓶酒老去的背影

我们述说筚路蓝缕

“董酒”“珍酒”“青酒”“鸭溪”“湄窖”

黔酒老牌劲旅啊

假以时日

国密“董香型”之“高贵血统”

国优部优省优之桂冠

异彩纷呈的“香”一直坚守

十七

“酱味”守住味蕾

不偏不移，懂“差之毫厘失之千里”

稍左或稍右

即成糊焦味与生涩辣

糊味浓烈剪不出佳酿飞舞

生涩辣口难品厚德载物

不温不火的53度

正是“水的外形，火的性格”

人生之舞，酱酒领时尚
学富五车之帅与阅人无数之厚
如心里搁你我
酱酒之片语无限芬芳

十八

黔酒之“酱香”为一舞王
王，“十”字顶天地

舞王必有风范
舞王撬开酒企之视野
舞王得守酱香之魂
舞王定发展战略快马加鞭
舞王先懂舍，再做效益加法
舞王取仁义做情感乘法
舞王打品牌天下
舞王知行合一
舞王“精气神”满满

十九

酒是水的回声在明眸里闪光
杯的风景区里饮者都是江河入海口
酒的流向冒着热气
人面那些船，载欢乐
微醺的海图上饮者是码头
人与人之间天涯咫尺
世事也生香
香之源头
酱树叶儿花开
肥硕了高粱的酒坊
母亲在厨房酵一坛“叮嘱”的酱

来吧，喝下这杯酱香之酒
我们劲舞
有侗族大歌的蝉音爆棚
有悠悠的《情姐下河洗衣裳》
有我们精心酱出的百年天酿

红高粱独舞，糯，糯哟

二十

美美的黔酒离开高原时，一身旗袍
高贵的赤河琼浆
配乐千年纤夫脸上的号子
在湍急与娓娓道来中酝日月花朵

温热的海拔在贵州高原低处流淌
从乌蒙侧麓出发就一直行走谦卑
谦卑养黔酒厚重珍贵

二十一

跳舞的酒河，与跳舞的山哟
长满熟透的高粱
迎接九蒸八酵七取酒与脱汁
让一坛好酒遐想无限
我抬头看见群山昂头挺胸

二十二

红军来之前我的爷爷种满高粱

红军离开后我的父母又种下了高粱
红高粱的情怀足以让一条河流酩酊大醉
接受酒河的跪拜

高粱总是母亲一样扶着我们的憧憬
红色的梦前行

二十三

跳舞的糯高粱有一个舞者的名字“红樱子”
糯红高粱又名红粮
我黔酒酱酒之母
跳舞的红高粱接地气
红高粱抛出自己，出酒率高

我的红粮最糯
樱花绽放与仲春交替
匀苗、补苗、苗齐、苗壮

我们唱着歌，打着锣
我们把有机肥施给山坡

我们防治病虫防微杜渐
苍蝇、蚜虫、高粱螟虫通通退缩
我们产干净酒，我们酿干净河

二十四

我们快把高粱收获
我们的坝子堆满红高粱婆娑
我们不放穗子屋里过夜
我们脱粒在院坝高歌
我们见证颗粒饱满、坚实、均匀、量多
我们拾得粒大皮薄
我们收淀粉一箩一箩
我们见证阳光雨露唱山歌
我们走心酿酒哟，岁月不蹉跎

二十五

跳舞的红高粱如母亲的纱巾
一枝画笔长出茂盛
高粱的样子，河流的样子

英雄河是高粱堆起的颜色

长成了“道”“儒”
有“真”有“善”有“美”
高粱说，我们姓红，贵州红，中国红

酱酒的母亲是糯糯的高粱
人是“仁”，可顺长
于是，生态高粱告诉我们拒绝花拳绣腿
拒绝尔虞我诈，拒绝刚愎自用
以一个“德”字一个“哺”字回望

二十六

原生态的高原河流生长彼岸花
高粱安全、玉米安全与生态农药安全
击掌时大山也回响

世人皆知“无肥粮不壮，乱肥人心凉”
世人更知“高粱是你我，手心手背”
哟，哟，我们舞起来哟

尾声：黔酒酿明天

二十七

在酒国，我抬头看见一面旗
一面鲜红如火的旗迎风飘扬
越战越猛绕着赤水河之忠骨
以百姓拥之“正”
战魑魅魍魉，味醇甘美的黔酒给我们鼓足了劲

在匠国，旋律是你我的心扉
一层薄薄的云
被诗书顶向高处
墨迹与文字的本真站立
在蝉翼纷飞的道路上撕心裂肺

一杯黔酒舞起来
生态美了，百姓富了
不喝也醉心间

原载于《贵州日报》2019年8月18日

习酒短歌（外四首）

春秋战国的历史回响
染红时代的天空
鳛，会飞的鱼

扇动天鹅池[1]的绝唱
掀起飞鸽子[2]的波涛
风惹九龙寺[3]的梵音

[1] 天鹅池：我1975年“上山下乡”的地方，位于习水县天鹅公社（现在叫天鹅管理区）。
[2] 飞鸽子：习水“飞鸽林场”地名，时年，我父亲任场长，小学暑假我曾多次前往。
[3] 九龙寺：位于习水县城边“九龙山”，山上还有一株千年白果树，山还在，寺、树已无踪影。

翳天覆地的羽翼
掠过东皇殿[1] 的巍峨
沿长江追逐东方的太阳

哦，鳛部的子民
用月光切一片思绪
雕刻东皇太一[2] 的灵象

拥抱水与火的精灵
揉碎一方神奇的风物
飘飞一段尘封的记忆

河岸冷月
燃烧
根，绵延悠长

[1] 东皇殿：耸立在习水县城新华桥“习水河”畔，新中国成立后曾是“区公所”，殿内高大的立柱成为童年的记忆，也是习水所在地的老地名。
[2] 东皇太一：传说中最厉害的神仙，屈原《九歌》有载。

何谓习酒

这是一个谜
吞吐春秋云烟

谜面盛开彼岸花
谜底在岩石飞瀑间
习水河奔流不息
隐隐有龙吟之声

枯藤朽木
时间书写
缠绕思维边界

酒香通神
回溯文字本源
鳛
现代目光顶礼

魚，鲲游大海
羽，鹏翔梵天
白，自在阳光明媚的大道

醇酒添岁月
故事谱新篇

鳛酒大道

走上这条大道
就跨进一个崭新的东皇
东皇作为地名来自东皇殿
供奉东皇太一的神庙

一条大道要有多少条小道？
石蚌琴声中的箐口
“张老三，我问你……”的歌声
回旋了半个世纪多

羊九、兴隆埂、芋头坳、柑木树、桂花坪……

侧耳倾听天鹅池“弹琴不用弦”
划开暗夜的铙钹，开一泓清泉
有鳛鱼数千年前飞掠的虚影

远古的“鳛”，“逍遥游”的注脚
北冥大鱼，鲲鹏羽翼
露易丝·格丽克捧诺奖
“然后白光/不再伪装成物质”

鳛人离乡，不再回头
有天笔，在这里蘸风云
痛快泼墨“四渡赤水”
疑为天人，就是天人

等风来，乘风起，随风去
习水河九龙山巨岩
掩藏鳛部精血
通神酒氤氲大道和音
翻手天地玄黄的奥秘

酒乡的午后

突然醒来
何时何地庄周蝴蝶?
明晃晃一束光透过
白色薄纱窗帘

时钟似已停摆
天花板斑驳摇曳
是否芳踪可觅?
静寂寂的影

没有风声
没有鸟鸣犬吠
更没有嘈杂的人声鼎沸
乾坤、阴阳相对、缄口不言

忽有“沙沙”声

自远而近似蚁军行进
秋雨洒黄叶
不缓也不急

一缕酱香偷袭
解构灌顶的醍醐
谁有一壶酒
何与慰风尘？

小鸟叩窗

深棕色办公桌面
文件、资料、书籍横七竖八躺着
手机睁着眼睛
没有铃声

没有微短信提示音
闹钟也躲藏起来
红色的、黑色的电话机

皱着眉头静默

一笼暖洋洋的光
穿越无极
一只小鸟叩窗
闪动翅膀的黑色

一幅皮影画
来自何方人问候
浓厚的云朵在天
天边有隐隐的雷

鳛鱼掠影而过
带来远方的消息
三杯通向大道
一醉可解千愁？

原载于《贵州政协报》2020年10月16日

以树的名义

——追怀最美基层干部文朝荣

以树的名义
扎根厚厚的泥土
吮吸大地母亲的乳汁
你，葳蕤茁壮

以树的名义
山河与你千古
百花伴你飘香
你，永远耸立的共和国脊梁

老支书　文朝荣
海雀村记得你

和尚坡记得你
苗族老阿妈记得你
一草一木都记得你啊
点穴种树　浅坑植苗
借泥成肥　同向移栽

你，以树的名义
长成一根钙质十足的长长的扁担
挑着苦甲天下
挑着筚路蓝缕
挑着绝地突围
挑着林茂粮丰的憧憬
一头是辛苦
一头是幸福

朝着富强和小康
朝着文明和荣光
当代愚公踏歌行
脚步阵阵松涛吼
奉献青春荫子孙

青山处处埋忠骨

七十二根蜡烛终已燃尽
七十二根树木却已成行
谁说你走了
你亲手植进泥土的小树苗
正在长成参天大树
谁说你走了
你带领乡亲们植下的成千上万株华山松

已经铺就茫茫林海

焦裕禄走了
泡桐还在
杨善洲走了
绿水长流
青山常在
你们都以树的名义
将生命化为生态
把爱留给世界

以树的名义

铸就一种高度

原载于《人民日报》2014年7月19日12版

送昌明先生退休

四十年前一少年，
今逢白发鬓边悬。
政研情怀青云上，
好挽夕霏染远天。

2009年9月4日在省委政研室为退休的政研室原副主任、巡视员韦昌明举行欢送宴会上即兴赋诗

车行中得句赠祖平兄

花甲风云等闲看，
躬耕政砚为民安。
谁言廉颇能饭否？
不老春秋在笔端。

辛卯年秋月某日，自贵阳南明至毕节赫章，这方阳光明媚，那方阴雨绵绵，别有一番滋味。忽悟此日乃吾兄大寿，而与之共事已四载有余。骤然心动，凑七言四句，以志政坛同好之情谊

“金海雪山·贵州调研”主题笔会上即兴题楹联一副

讲实话，重实际，科学发展争朝夕。政策研究，求真务实，富民兴黔献大计！

树正气，养大气，参谋助手挥豪笔。聚智辅政，与时俱进，勠力开拓新天地！

山水无界

——写在第38届世界诗人大会胜利闭幕之际[1]

千里姻缘一诗牵，
十二背后有洞天。
诗歌飞扬兴原乡，
德润人心叙永年。

原载于《贵州日报》2018年10月19日

[1]“第38届世界诗人大会”于2018年10月11日至13日在贵州“中国诗乡”绥阳举行。

秋野拾韵

孤菊

秋天的精灵，迟到的爱情。怀着春的笑靥，夏的火焰；在旷袤的原野，迎着酷冬苍白的面容，高傲地怒放了。

落叶

完成了装点一代江山的使命，便唱着金黄的秋歌，轻轻曼曼，悠悠然然地飘落到那生他养他的黝黑黝黑的母亲的怀抱里，他充实了。

原载于《贵阳晚报》1985年11月3日

巴拉河短章

一首歌

峰接云际雷公山
刀片般锐风挣扎着咆哮
千军万马掠空突围
玄色紧迫嘶哑
老祖母容颜慈祥
摇篮曲依然袅袅
苗家女“蒙打哟”低唱
送白云入山浅吟

一支舞

暴雨不期而至

银饰白光如剑
穿越第四纪冰川
孑遗植物惊魂甫定
蝴蝶妈妈落英缤纷
画一撇新月弯眉
游方走进深山
精神天空火焰

一杯酒

荣耀与屈辱在血与火中嘶鸣
巨石般惊雷滚过天幕
历史与文化熬制biang dang[1]穿喉
痴情学者魂葬苗乡
灰色牯牛四蹄如柱
顶着一对弯弯的酒杯
揽一溜长桌宴席
喝一个夕阳酡红

[1] biang dang：如前文所述，是一种后劲颇大的酒。

一缕魂

黑塞的河水呢喃
齐邦媛的巨流河抽泣
克里斯朵夫的浩荡江声
隐入历史的幽暗
电光蓦地一闪
是谁叩门
抖落满天星星
我心澄澈
寻归
自在之在

巴拉河为清水江支流，在贵州省台江、凯里、雷山等县境，源出雷公山西北麓，干流全长141千米，流域面积2264平方千米。

原载于《贵州日报》2017年2月3日

清溪湖断章

遇见

是的
遇见你
清溪湖有缘
时光隧道
一瞬
几十年
黄浦江畔的叠影

石头中长出舌头
旋律里吞吐氤氲
情感的天空

燃烧的鱼
莫扎特的音符
雪花飞舞
羽化
等待

风起
剥开云雾做成的
衣裳
时间的七彩
不舍
七亿年惺忪
清溪染作胭脂色

远古血与火
眼前风与景
王阳明山中的花
丁香开了
雨巷油纸伞
泪水串成的链条

惜语如金

本色

回响
宇宙穹音
七色的彩虹
树老千年雪作花
秦关与汉月
英雄血红漫天地
历史任性流淌

蓝就是蓝
绿就是绿
坚硬的时间刻刀
双河三生影
清溪万古心
命运交响曲
焰火燃烧

乡愁

莫非
丰子恺醉了
竟挥洒浓墨重彩
清溪却童颜故我
青梅依偎着桃李
竹马骑着半个月亮
桂花入眠

石头流淌苍凉血
瀑布喷射生命火
二泉映月
芳草已经碧连天了
夕阳剪出山魅影
乐就这样生之于愁了
沧海桑田

惊艳

拐角

一抹净色
绿绿的扑面
没有形状的空濛
气象缤纷
数亿年等待
佛光真颜

时间雕塑了山
沸腾结晶了水
圣桑的天鹅展翅
幕天席地
庄子欢喜了
洛神衣袂飘飘
凝眸

寻归

寂然
虫鸟齐鸣
正好驴友入梦

迪斯科的节奏
灵魂舞蹈
前世与今生
如何安放

是否放飞了尘俗
何以栖居于诗意
安魂曲天地悠悠
苏格拉底睡意迷蒙
黑格尔已经疲惫
生命的定力
仰望自在之所

图腾

不知
某人推演易
河图洛书
追逐海市蜃楼
融物与心

他在之在
谁是我

赤橙黄绿青蓝紫
金木水火土
圣母颂自天地升起
无形之大象
稀声之大音
简单符号
无限的生命

原载于《贵州日报》2015年12月11日

端午夜读

目光穿透千年
心灵依然滚烫
鸟鸣、月色、梵音
人家、人族、人类
一个人、一群人……
靠思想而立
执信念而战
屈子花草盛开
谁揽历史缰绳？
星辰就在掌握
远方就是脚步

酒　趣

古往今来，酒与人类结下了不解之缘。对于有些人来说，酒有妙不可言的作用；辛苦了一天的劳动者，适当地饮一点酒，会感到疲劳顿消；遇到喜事，开怀畅饮，更能增添兴奋情绪；胸怀愁闷的人，借酒消愁，似乎可以酒中能得到暂时的慰藉。

酒又是交流情谊的媒介。家人团聚、亲朋往来、沽酒欢叙，传杯把盏，可以加深彼此的感情。“酒逢知己千杯少”这确是人们的深切体会。遇有喜庆大典，自然免不了要举杯祝贺。国际间的交往，宴席之中，更少不了金樽翠觞，玉液琼浆。

翻开我国的历史，酒是我国最早发明的。《战国策·魏策·鲁共公择言》载称：“昔者，帝女令仪狄作酒而美，进之禹，禹饮而甘之，遂疏仪狄，绝旨酒。曰，‘后世必有以酒亡其国者‘。”

大禹是上古时代的治水英雄，为了事业的需要，他断然戒了酒，疏远了造酒的仪狄，并做出必有“以酒亡国”的断言。历史证明大禹的断言是正确的。商朝最后一个国家纣王荒淫无道，大造“酒池肉林”，甚至在酒池中荡舟嬉戏，终日饮酒作乐，最后导致亡国丧生。

古人饮酒爱成群结队，携酒到河边“聚饮”。第一杯酒必先撒于地，以示对神灵或祖先的崇敬，称为“醊”“酹”。饮酒本身是为快意，然而古代却有“酒刑”的刑罚。《晏子春秋》中有“景公渐焉，举觞自罚”的记载。有一次晏子上朝未穿朝服，田桓子趁机向齐景公进谗言诬称晏子有欺君之罪。齐景公闻言大怒，命“酌者奉觞”，罚饮酒五壶。这种刑罚直到晋代还存在。谢奕任县令时，有一老翁因触犯刑律，谢奕就罚他饮醇酒。《汉书》曰：“酒者，天之美禄，帝王所以颐养天下，享祀祈福，扶衰养疾，百福之会”。古代汉人饮酒，有酒史监酒，犹如执行军法，谁也甭想投机取巧。西汉吕雉擅权，诸吕皆封王侯。一次朱虚侯刘章入侍吕后晏饮，吕后令刘章为酒史。刘章说："臣，将种也。请以军法行酒。"吕后说："可也。"酒酣，一人酒量不行，中途退席。刘章追至门外，拔剑斩之，还报之说："有亡酒一人，臣已行军法斩之。"因饮酒而杀人，这真是骇人听闻。

魏晋时代，崇尚"风雅"，嗜酒者更多。当时有人提议：以酒消愁，如兵克敌，故称"酒兵"。《南史·陈庆之传附陈暄传》："酒犹兵也，兵可千日而不用，不可一日而不备；酒可千日而不饮，不可一饮而不醉。"由于这种观念的流行，所以饮酒者毫无节制，产生了不少号称"酒狂""酒徒"的人，意即酒鬼、醉鬼之辈。他们轻则醉卧街头，呕吐狼藉，重则打架斗殴，杀人放火，成为社会不安定的因素。鉴于此，曹操在高唱"何以解忧，唯有杜康"的同时，曾发过"酒禁"限制酿酒和饮酒。葛洪《抱朴子·酒诫》亦载称："曩既年荒谷贵，人有醉者相杀，牧伯因此辄有酒禁，严令重申，官司搜索。"酒禁对爱发酒疯的人无疑是一道"紧箍咒"。

唐代"酒兵"演化成为"酒军"。朋辈角饮如两军对垒，更有"酒仙""酒神""酒圣""酒龙"之说。酒仙是对嗜酒者的美称，当时有以李白、张旭为代表的“酒八仙”。杜甫写有《饮中八仙歌》：“李白一斗诗百篇，长安市上酒家眠。天子呼来不上船，自称臣是酒中仙。”短短四句，突出了李白的气质和性格，狂放不羁，蔑视权贵，即使皇帝召见，也要奚落他一番。“张旭三杯草圣传，脱帽露顶王公前，挥毫落纸如云烟”。这个张旭“善草书，好酒，每醉后，号呼狂走，索笔挥洒，变化无穷，若有神助”，时人谓云“草圣”。他三杯酒下肚，桀骜不驯，礼仪俱失，管他什么王公大人，全不放在眼里。酒龙、酒神、酒圣皆指豪饮之人，分别见于陆龟蒙《自遣诗》：“思量北海（孔融）徐（徐邈）刘（刘伶）辈，枉向人间号酒龙。”冯贽《云仙杂记》：“酒席之上，九吐而不减其量者为酒神。”李白《月下独酌》诗：“所以知酒圣，酒酣心自开。”另有一种人嗜酒成癖，称为“酒魔”。如白居易《斋戒诗》：“酒魔降伏终须尽，诗债填还亦欲平。”

到了宋代，酿酒业更加发达。赵抃《成都古今记》载：“正月灯市，二月花市……十月酒市，十一月梅市，十二月桃符市。”成都每年十月专门开设酒市，足见其酿酒和饮酒的盛况。其实，狂饮达海量者不乏其人，《水浒传》中的那个武松，一口气喝了十八碗，固然是文学家的夸张，但也有其一定的生活依据。宋代官场极度腐败，吃喝成风，不吃不喝酒难以办事，于是就有流传于民间“酒食地狱”的成语。至于一些酒色之徒，只知饮酒作乐，醉生梦死，置国家兴亡、民族盛衰而不顾，时人则形象地讥讽为“酒囊饭袋”。

酒，其味甘辛，性温，入心、脾、肺、胃，活血行气，具有祛风散寒和消除疲劳的作用。《神农本草经》载云：“大寒凝海，惟酒不冰，明其性热，独冠群物，药家多须以行其势”。李时珍《本草纲目》中也指出：“酒，天之美禄也，少饮则和血行气，壮神御寒，消愁遣兴。”《汉书·食物志》也说酒乃“百药之长，”这话同样不无道理。

但是，如果饮酒无度，嗜酒成癖，那便有害无益了。《饮膳正要》中说：“醉饮过度，丧生之源。”这有其根据，因为酒的成分是酒精。喝多了，会使人头晕、过度兴奋、感情冲动，失去理智甚至导致死亡。平时一次醉酒，也不亚于害了一场大病。苏轼喜爱喝酒，但他追求的是“酒中趣”。他在《和陶饮酒二十首》中说：“吾饮酒至少，常以把盏为乐，往往颓然坐睡，人见其醉，而吾中了然，盖莫能名其为醉为醒也。在扬州时，饮酒过午，辄罢。客去，解衣盘礴，终日欢不足而适有余。”南宋的费衮对如何才能得到酒中趣，说得更为有趣：“饮酒之乐，常在欲醉未醉时，酣畅美适，如在春风和气中，乃为真趣，若一饮径醉，酩酊无所知，则其乐安在邪！”言之极是。可惜古往今来，许多人并不知这个酒中趣为何物。他们一味地只知道喝、喝，视狂欢为“英雄”，以烂醉为“痛快”，常常酒后失态，洋相百出，甚至失去理智荒唐地干出违犯法律的事，到头来悔之莫及。

在社会交往中，也不可与酒绝缘，酒是要饮的，但切不可过量，对酒要有另外一种情怀。我国著名诗人郭小川在《祝酒歌》中说：“酗酒作乐的是浪荡鬼；醉酒哭天的是窝囊废；饮酒赞前程的是社会主义新一辈。”

酒中权谋　杯里春秋

宣称“上帝死了”的尼采，对酒和酒的致醉功能从哲学角度提出了“酒神精神”之说，认为人类是崇尚酒神精神的，这是“为了超越恐惧和怜悯，为了成为生成之永恒喜悦本身——这种喜悦在自身中也包含着毁灭的喜悦”。《三国演义》中因奸而雄、雄则必奸的“奸雄”曹操，于月白风清、霸业在望之夜，也且舞且歌，慨叹“对酒当歌，人生几何”“何以解忧，唯有杜康”，道出了众人认可的酒文化之一大特性。然而，更多的时候，或者说从根本上，曹公却并不“饮”酒，而是“用”酒，他以酒为谋略智术的道具，最终三分天下有其二。他对酒的态度，全然因了战争而牺牲掉“酒食者，所以合欢”的原始意义。

酒所具有的水的外表、火的内核，对人类而言是一种悟性。曹操之用酒，也是一种悟性，最集中地代表了《三国演义》对酒文化中酒之悟性的一种人生世事的阐释。

对抗竞争中，了解对手的内在隐秘和争取人才以为己用，是制胜的两个最重要因素。酒的致醉、陶醉功能，不失为很有用的工具，曹操无疑深谙此道。《三国演义》中的用酒典范“煮酒论英雄”和“温酒斩华雄”，皆曹操所为，权谋斗智之较量，尽在一“酒”之中。曹公两次置酒，一是利用致醉功能窥探对手刘备的霸业心向；另一是利用陶醉功能笼络人才关羽。

在“煮酒论英雄”里，曹公以煮酒对饮为手段，企望知悉对手真实的内心志向，以便在竞争中避免失误，做出正确决策。因而他在“酒至半酣”时主动出击，试探对手的想法、看法和态度。哪知刘备左躲右闪，东拉西扯，终使曹操按捺不住直奔主题：“天下英雄，惟使君与操耳！”玄德闻言，吃了一惊，手中所持匙箸不觉落于地下。在真实信息即将泄露的千钧一发之际，机智的刘备借雷声大作巧妙对以“一震之威，乃至于此”，将曹操骗过。从表面看，一人表现出仗酒而咄咄逼人，一人则显露不胜酒力之态。而实际上，二人以酒量对酒量，用理智敌理智——即使在饮酒半酣以后的畅叙中 ，也清醒地保持着十二分的警惕。要是如梁山好汉饮酒真醉的话，其酒也就不是“三国之酒”了。

俗话又说：“归来不饮空归去，洞口桃花也笑人。”酒在联络人与人之间的感情上具有独特作用。“温酒斩华雄”一节，曹阿瞒就是想利用酒的这一功能拉拢关羽。当时的关羽地位卑微，乃一小小马弓手，他请求出战名声显赫的大将华雄，诸将皆表怀疑且不以为然。主帅袁绍曰：“使一弓手出战，必被华雄所笑。”这时，曹公力排众议，“教酾热酒一杯，与关公饮了上马”，表现出一个知人善任、惜才爱才、同时善耍铁腕的伯乐人物的敏锐眼力。

饮了上马的酒，是恩宠的表达，目的在于收买人才据为己用。然关公避开“吃人嘴软”，并不买账，冷冷一句“酒且斟下，某去便来”，在其酒尚温时提了华雄之头掷之于地。二人于酒，实际上在进行无声的谈判，心态互察却心照不宣，以醒抗醉。后曹操赠吕布所骑赤兔马给关羽，也出于同样心计，无奈关公

“人在曹营心在汉”，不为之所“醉”。

曹操两次置酒划谋，皆因对手非等闲之辈而未获成功，但其用酒之巧智，却为兵家权谋之事和中国酒文化抹上了精彩的一笔。

原载于《贵州日报》1995年1月4日

中西酒器　各异其趣

“酒必祭，祭必酒”是人类的一种特有的现象，可见酒在文化上意义非同小可。用什么器皿来盛酒，无疑是一个有趣的话题。比较国人与西方人，前者饮酒较重情绪上的宣泄，后者则较重饮时的方式和口味，这对酒器的使用和认识有较大的影响。

西方人对于酒和与其搭配的酒杯很讲究。比如喝威士忌，其酒杯杯口大小不拘，只须便于加冰和加水即可。这是因为喝威士忌较随意，可以喝纯的，较浓烈够味；可以加冰快，口感丰润，不烈不呛；可以加水，酒味较淡，但香醇依旧；可以加冰又加水，清凉淡薄，沁人心脾等。

而品白兰地，就一定要用肚大口小的白兰地杯了。杯中一次只倒约一盎司[1]，玻璃杯置于掌心，以掌心的热度温酒。喝酒时先晃动酒杯，以鼻子闻其酒香，然后浅酌体会它的香味。

搭配海鲜食物喝的白葡萄酒，宜冰凉低温时入口，酒杯的杯口不能太大；而搭配肉类饮用的红葡萄酒，适合室温时入口，所以杯口可以较大；香槟酒杯一般是杯口大、杯底浅。

国人对于酒与酒杯的搭配无甚讲究，倒对酒器本身别有所钟，故中国的酒器自成一系。在商代，酒器就有爵、角、觥、觯、觚、杯、卣、樽等种类，在周代，从贮酒的钟、彝，到盛酒的铛、觞、斛，皆十分精美。

诸侯宴客的规格一般就可以从酒器中体现出来。各式酒器也往往是主人财富与身份的显示。

至汉代，出现了玻璃杯、海螺杯、玉杯等精致酒器，特别突出的是漆器。这些盛酒用的壶、钫、耳杯、笆杯等，光彩夺目。马王堆汉墓出土的酒杯，便有红、黄、白、金、绿、灰、孔雀蓝等诸多颜色。

唐以后，出现了金、银酒器，成套的金银酒器往

[1] 英美制重量单位，1盎司约合28.35克。

往为皇室和豪富所拥有。唐代以玉质酒器为美，诗名如“玉碗盛来琥珀光”“葡萄美酒夜光杯”“一片冰心在玉壶”等即为例证，到明、清，酒文化已臻大成，风雅文人们为自己使用的酒器赋予各种美名，如铜鹤樽、流光爵、甲子觚、夜光常满杯、玉交杯、紫霞杯、熊耳杯、双凫杯、鸾杯、九曲杯、碧筒杯、葡萄笆、木兰蕉叶盏、莲盏、犀杓、翠杓、紫瑶觞、白羽觞、九霞觞、碧玉壶、缥缈壶、银罂、谣罂，等等。

总的看来，西方人喝酒重品味和文化，国人则重情绪和排场，故对酒器的使用和认识各异其趣。

原载于《酒文化报》1992年12月15日

茅台札记三则

茅台“朝圣”

追溯历史、地理和生活的秘辛，关于酒的记忆应是深嵌文化基因的一种神秘存在，其现实表现总让人印象深刻。

2006年初秋，陪同一位外省嘉宾赴茅台酒厂。从南明河畔驱车奔茅台赤水河边，三个多小时车程。当夕阳透过山的剪影洒下金色的余晖，一阵阵酒香味飘来的时候，客人情不自禁：“太棒了，太美丽了！我跑了世界上不少地方，你看这个景致，没得说。”老黄身材清瘦，双目明亮，将年过花甲，第一次来贵州，点名茅台。“干了一辈子接待，一张桌子一碗菜。我反复给领导讲我的愿望，在退休前无论怎样到一趟茅台。”他神情庄严肃穆地强调：“茅台，我是来‘朝圣’的！”电石火花，茅台于他，已成为具有特殊灵性力量之所在，茅台之行已赋予神性色彩，蕴含道德或灵性意义的旅程或探寻的意味。一个人，一辈子，做一件事，又对这事各方面都搞得很清楚、弄得很明白了，还能保持热情去认真做，这样的人是了不起的、值得敬佩的。茅台这杯酒里，也不正是这样吗？

老黄双手颤抖捧着酒杯，口里念念有词：“色清透明，酱香突出，幽雅细腻，酒体醇厚，回味悠长，空杯留香持久。”神秘的茅台酒工艺，是与大自然同呼吸的，属于国家机密。重阳下沙，正是本地优质糯高粱收获季节，也是中华文化象征天地久的老人节；端午踩曲，与气候同频共振。春夏秋冬，历时一年，两次下料、九次蒸煮、八次发酵、七次取酒，陈贮三年以勾兑调配，再贮一年后才到桌子上、杯子里。老黄陶醉的神态让人未饮先醉，这里有一种什么样的灵性和力量啊。

产酒之地仅7.5平方千米，满打满算吃干榨净也就15平方千米。“集灵泉于一身，汇秀水东下”的赤水川流而过，紫红色土壤独具一格，空气气候独一无二，特别是不可能摸清的舞蹈在这片河谷的微生物，更是出神入化，不可替代。老黄敞怀畅饮，已有几分得意忘形，厚重的历史，就在这酒里啊。

据传远古大禹时代，赤水河的土著居民——濮人，已善酿酒。汉代在今茅台镇一带即有了“枸酱酒”。《遵义府志》：“枸酱，酒之始也。”在司马迁的《史记》里，可以看到与汉武帝相关的“枸酱”“甘美之”的传说。老黄越喝越激动，“我的眼前飘动着1935年红军‘四渡赤水’的战旗啊！”返程时，老黄喃喃自语：“千里之行，只为一醉。我一定再来！”接着，是长时间的静寂，我猜想，老黄有太多的话要说……

2016年，贵州“舍不得乡愁离开胸膛”系列长诗火热进行，是年秋，作为总策划的我，带长诗之《匠心茅台》主创人员周雁翔和“谢氏五姊妹”（谢佳清、谢国红、谢国蕾、谢国雯、谢树林），深入茅台采风体验，历时一年，诗成，被国家新闻出版署列为中国“农家书屋”2018年重点出版物推荐名录，纳入采购目录。管窥其创作，是茅台的厚重让诗人脱胎换骨——“茅台，没有黑夜/茅台的黑夜，早在1935年/被红军画一个红靶心/用枪杆子打了下来”“‘仙女捧杯’告诉/世人，飞天的梦/并不大，一只/三脚酒杯就能装下……”窃以为，诗人们是在“匠”源、“匠”缘、“匠”园和“匠”远地探寻“朝圣”中，经历了一次灵性和道德的洗礼而修得了正果。

茅台“七乐”

2011年10月6日至17日，我随贵州省赴美日文化旅游推介交流团到美国纽约、亚特兰大、拉斯维加斯、洛杉矶，以及日本东京、横滨进行了为期11天的推介交流。

一边走、一边看，一边学、一边想，在可口可乐博物馆，游客在美味吧可以品尝到来自世界各地的70余种可口可乐产品，包括碳酸饮料、水、果汁饮料、茶饮料和运动饮料，各异其趣的口味、口感，可谓千奇百怪，却传递着一个明确无误的理念和价值——轻松、快乐、健康、绿色、自然。我于是联想到，这岂不正是茅台酒意蕴的强项？茅台酒的生产、销售、消费过程，起码体现了“七乐”，七种快乐。

首先是大自然的快乐。茅台已经做到生态垄断，是白酒类唯一可以进行天然发酵的——一群非常快乐的微生物群体在这里集聚“舞蹈”，酿造美酒。其次是劳动的快乐。历史垄断，历史形成、一脉相传的工艺无人能改、无人敢改，劳动的过程就是通向琼浆美味的过程。人们只能在辛勤的劳动之后，才能品尝到美酒。再次是生长的快乐。人们可以从观赏红高粱等作物的生长，观看和参与作物的培育、管护、收获的“从无到有”“从小到大”的全过程中，体会到生之欣悦、生之形式转换的快乐。第四是学习的快乐。作为世界三大名酒之一和大曲酱香型白酒鼻祖的茅台酒，早在公元前135年，茅台镇的酿酒师们就酿出了令汉武帝“甘美之”的枸酱酒。在中国，甚至世界，无论是文人、武夫、帝王还是平民，对茅台酒都有一种莫名的情感。正是历史人物对茅台的情有独钟，才使得茅台能随同历史一样源远流长。在茅台酒2000余年的生命中，积淀的是文化，形成的是酒文化的圭臬，是历史与酒的亲密见证。这是茅台酒所独有的。在中国，茅台酒就是一个传奇。你可以不了解白酒，但你不可以不知道茅台，不可以不知道茅台镇，正是这个孕育了传世美酒的灵地，支撑着茅台酒在中国、在世界的至尊地位。第五是勤奋的快乐。茅台酒的整个生产周期为一年，端午踩曲，重阳投料，酿造期间九次蒸煮，八次发酵，七次取酒，经分型贮放，勾兑贮放，五年后包装出厂。在这个过程中，每一个环节都不能懈怠，才能尝到酱酒香液。第六是友谊的快乐。贵州有一家酒厂打的广告大意为“喝杯老酒，交个朋友”。酒在人类的交往中具有独特的催化作用。据一家网络公司对573名20岁到40岁的男女用户进行的一次问卷调查结果显示，有六成的人觉得“参加酒宴是一种享受”，有81.7%的人认为“酒是交际润滑油”。中国民间一直有“无酒不成席”的说法，在我们的社会生活中，一般而言，宴席都是和一定的联谊和快乐联结在一起的。第七是豪放的快乐。酒的致醉功能可以使平时深受“社会名声”约束的人获得放松，这是人的本性的重要需要之一。“斗酒诗百篇”的豪情，“会须一饮三百杯”的豪壮，放纵一把，宣泄一回，在特定场合，以好酒促成之，不亦人生之一乐？

守望茅台

茅台酒，天下何人不识君。1979年秋，黄金大道色彩斑斓、格外耀眼，花溪宾馆遇日本仙台客人，一位医师，问是否知道“贵州”，一口河南腔调的普通话，“早知道，贵州茅台！”全球知名度，绝不是空话，对酒的知悉，表面上在日常生活中，举手投足间，而其传承和底蕴，恐怕大有深意。

做出一种产品，代代相传，在惊天动地中耸立于世，其根脉是不朽的。而承载着政治、经济、历史、文化、地理、民族各种内涵的根脉，离不开一代又一代人——群体的人，特别是伟人、匠人的维持和呵护，“鸣”世不易，“存”世辛劳，“传”世唯艰，哪怕半分心都松懈都不允许。历数顺境逆境，回望坎坷曲折，关键节点每每令人唏嘘不已，历史事件表象下的多少先辈付出了多少汗水和心血。我们看1935年红军“四渡赤水”给茅台酒烙上“红色印记”后，老一辈革命家的关注、关心，给茅台酒注入了深厚的生机、生命，以及生生不息的内涵。

茅台酒内在的立足之本，综合天文、地理、人文的存在，需要多少精进而前行、耐得住寂寞的工匠们啊！全球当代“酒粉”一族，说起茅台酒都会知悉“季克良”——这位循酒道从未歇脚而行的近乎圣人的存在。他说，为什么这么多人“炒”茅台，是他告知了天下人“保茅台质量”。作家叶辛先生是这样说的：“在茅台镇转，有不少酿酒世家。在这些可以追溯的酿酒世家中，流传着自古老祖宗说的六个字‘倾一身，为一事’。季克良兄是江南人，他不是土生土长的茅台人，但他是用一辈子的人生在诠释这六个字、实践这六个字，所以当代的茅台人、当代的贵州人和中国人，说起茅台酒就会讲到季克良。这绝不是偶然的。”

茅台酒的故事说不完，昨天、今天、明天，动人的故事还在不断茂盛生长。诗人杨杰，内心仰视、笔尖柔软，奉出呕心沥血长诗《守望茅台》言，“赤水河、茅台酒、季克良/相互守望，个性着，有信仰、回归本初，执着……”《孟子·滕文公上》言：“出入相友，守望相助，疾病相扶持。”深入体味，“守望”真是了之不得，本然渗透宗教意味，贯穿历史，贯穿“天地人”，在“守望”中，生活才有了深刻，心灵才有了充实，生命才变得丰盈，这里有信念、有坚守、有祈盼，我们的亲情、责任、未来……太多太多的珍贵值得“守望”。

黄猫·黑狗·白叫鸡

初闻贵州山乡民众称黄猫、黑狗、白叫鸡为居家住户的三种吉祥物，疑为穿凿附会或随意命名，心哂之。然此三物之三色确实又有神秘魅人的含藉，萦脑海而不去，心奇之。近授“美学”，方悟其间确有科学的心理依据而非迷信或不稽。

黄之色，令人联想至灿烂的阳光，有明朗温暖之感，并含有希望与发展的意味。山乡农户多鼠害，养猫驱之食之，保护口粮，于此可知猫之颜色的心理效果与猫之功用的实际价值两两应和，是以必黄猫令人心安。马斯洛心理需要层次划分的第一层（生理需要、口粮）隐于斯，放在第一位受之无愧。

黑色，令人想到深深的夜，便生出恐怖、严肃之类的感受。村民之房屋多就地取材，更无安全门防盗锁之属，且山野多兽，多神鬼传说，故养狗“响个叫声”以壮胆，并可防盗，遵古训“害人之心不可有，防人之心不可无”。于此又见形式与功用的契合，并隐含马斯洛心理需要的第二层（安全需要、壮胆防盗），置之第二恰如其分。

白色，想到冰雪，自有凉爽、纯洁和淳朴之感，言“白衣天使”，当含赞美纯洁高尚的心灵之意。山里的公鸡，报晓是最重要的功用之一，尚可啄食一些侵害房屋的虫豸。“雄鸡一唱天下白”，很有气魄，也很有放松感和自由感，令人心里快乐。使爱、归宿和尊敬的需要（马斯洛第三、第四层心理需要）得到了一定程度的表达，鸡之色彩与效用由此而得了贯通一致。

原载于1989年11月16日《贵阳晚报》

善解人意竹生情

竹，甚为国人所钟。比如竹制乐器，就有竹板、竹笛、竹箫、竹笙等，发而为声，格外具有吸引力。其间，“江南丝竹”恐怕是最有中国南方式审美特性的。试听《春江花月夜》，直令人“三月不知肉味”。

就我所见，竹作为审美对象是中国所特有的。国画里多有竹，且有墨竹、绿竹和朱竹等不同品种。依创造主体对竹的理解和感受不同，画家诗人笔下的竹的性格也各自有异。比如，画竹师郑板桥，甚是看重“一两三枝竹竿，四五六节竹叶”的“沉繁削尽赛清瘦”之美，推崇似柔而实刚的性格，认为画竹即是为画人，所谓“以竹写人，人由竹现而竹人合一”是也。当代作家客桦，写竹诗，也画竹，以为竹的品格高在有节而中空（节，气节也），从而盛赞竹的刚直与谦虚。

贵州遵义陈竹逸先生善画墨竹，笔者幼时曾见其手迹。其画枝、节、叶、轮廓分明，并有诗句。诗的大意是言竹作拐杖。牺牲自己而助他人。这又另是一种境界了。

总的看来，竹之所以为国人所钟爱并成为独到的审美对象，与民族文化、心理意识大有关系，赖之于竹形，生出竹影与竹声，于含藉竹“韵”，呈现竹“情”，竹因此得以“人化”，也就活了，美了，从而表达出动人的艺术魅力而千古不衰。

原载于《长沙晚报》1992年4月21日

多情柳枝多情人

我国民众心理，历来在情与景的交融中，对于柳枝，皆以“依依垂柳情”称之。婀娜多姿的条条柳枝，委实让人怜爱，摇曳之间，确有无限忧愁。

当年人们的情感反应主要来自两个方面：一是承继和沉淀着的传统审美情感；二是客观物体的本身含藉着的应和于人的情感的客观形式。即如“见月伤悲，见花落泪”，前者是由于月亮在人们心中是团圆的象征，圆圆地团在一起，永不分离，但却也有阴晴圆缺之变，伤悲，包含了思念的深沉和真挚；后者则是好花难有百日红，色彩绚丽和对称平衡的“花枝”的传统情感心理。其实，外国人也不例外，美国的奥尔德里奇所著的《艺术哲学》提到另一位美国的美学家鲁道夫·阿恩海姆时说道：“阿恩海姆主张，甚至在非人类的自然界中，也存在着具有情感色彩的表现型形式。例如垂柳的形式，无疑呈现了一种低重的形状。在这种形式中就存在着一种内在的悲哀。这种悲哀的情感不单同人的心理状态有关。在这个例子中，它是一种可见的领悟性知觉材料。”从斯即已可见出美国人对于柳枝的特有情感反应与我国民众情感态度的分别，令人做出了反问的感叹：光阴易逝不再回，红颜零落谁人晓！

对于柳枝，我国至少在西汉时即已凝固了一种“依依之情”。《三辅黄图》说：“灞桥在长安东……汉人送客至此桥，折柳赠别。”“柳”“留”谐音，折柳留客，自有无限的眷念和牵挂。古诗十九首中有言“郁郁园中柳”的，寄寓了“荡子行不归，宫乐独难守”的想念和孤寂。在唐代，王昌龄写有《闺怨》一诗：“闺中少妇不知愁，春日凝妆上翠楼。忽见陌头杨柳色，悔教夫婿觅封侯。”柳色，含蓄地表达了相思之苦。仅这随手拈来的几例，已是我国民众对于柳的相通点了。

如果问题仅仅至此，显然就“一般”了一些。人类思维的创造性是无限丰富的。我曾见到一位诗人表现“柳枝”时写出的如下令人惊异的句子：“杭州姑娘辫子长，一甩甩到西湖旁。”这个艺术意境中的柳枝，生气勃发，天然丽质，姣好喜悦而一扫愁闷悲哀之气。

原载于《遵义报》1987年10月31日

花言巧语说“我爱”

现代社交场上，为了表达某种“爱”意，并不一定非要用嘴来说出不可，往往，只要你恰当地送上一束花卉植物，便可表达你心中的意思。

古人有句曰：“泪眼问花花不语，乱红飞过秋千去。”表面看，花并没有说话，然而“乱红飞”则表达了一种爱恋之情。所“飞”之地偏偏又是“秋千”，那是相恋的人儿乘坐戏耍的地方，爱恋之深毕现。花是一种泛指，含情爱之意。新婚颂辞便有“花好月圆”的句子，赞扬女性之娇美便说“闭月羞花之容”。

都是表示情爱的花卉植物，具体到某一种，其含义则有所区别。陶渊明说：“采菊东篱下，悠然见南山。”只采菊，而不采蔷薇或是牡丹，很有讲究。

尽管不知陶令采的是什么颜色的菊，然意思却是明确的：白菊表示真实，红菊表示我爱，黄菊表示微爱，审美的“朦胧”意向透射着对大自然的爱并融入大自然，人与自然一体的悠深不绵之爱。李清照词曰：“昨夜雨疏风骤，浓睡不消残酒。试问卷帘人，却道海棠依旧。知否？知否？应是绿肥红瘦。”海棠本身含有一种苦苦相恋之意，选其作为描写对象，词意之自怜自爱，惜人惜时之感直透纸背。

有位外国诗人说他自己“愿是常春藤”，表示着结婚的意思。有位古代诗人祈愿“在地愿为连理枝”，这连理枝以及并蒂莲之类，表示着夫妻恩爱。有支歌曲唱道：“我有一支玫瑰花，我要把它献给你。”玫瑰花，表示了初恋。而有一首诗曰：“红豆生南国，春来发几枝，劝君多采撷，此物最相思。”则将红豆与相思之意直接表达了出来。

花言能巧语，在于它有特定的含义。除上面提到了花卉植物的含义外，还有比如鸡冠花表爱情，紫罗兰表初恋，蔷薇表恋爱，白丁香表思念，麦蒿表结合在一起，柠檬则表挚爱等。从一般的社交指南上，我们都可了解到：贺新婚时可赠五爪龙、常春藤和麦蒿组成的花束，意为同心结爱情，两人共一生。在分别时送杉枝、香罗勒和胭脂花相配的花束，意为别了，祝君美好，请勿忘我。而在勉励朋友时则赠以用鸟不宿、红丁香和菟丝子组成的花束，表达君如努力，必能成功，我祝愿你之意。探望病人时，则多送红罂粟和野百合组成的花束，以示放心吧，你会健康之意。

花卉植物的特定含义，是与文化积淀，民族习俗紧密相关的。不同的文化背景和民族习俗，其花语有别，比如郁金香，土耳其把它看作爱情的象征，而德国却认为它表示没有情感。同一种类的花卉植物，因色彩不同，其含义也不一样，这与颜色的审美文化积淀和民族传统有关。比如黄色，在东方是高贵的色彩，而在西方则属卑微之色。影响及花，同是郁金香，在西方一些国家里，黄郁金香表达着爱的绝望，而红郁金香则表示宣布爱恋。

因此，花言要巧语，必得具备基本常识，不然张冠李戴，弄巧成拙，就不免贻笑大方了。

原载于《贵州教育学院报》1993年4月30日

思

若有所得

景物诗的角度和层次

理论研究的多角度、多层次，被研究的对象会给人以风谲云诡、多形多姿之感，若对景物诗而言，则诗也会生出万千情趣、无尽佳妙来。试以晚唐诗坛之星，人称“小杜”的杜牧（803—852）的《山行》一诗为例，聊做粗浅分析，权当抛砖引玉。

远上寒山石径斜，
白云生处有人家。
停车坐爱枫林晚，
霜叶红于二月花。

诗短意丰，甚为清俊飘逸。怎样赏析呢？

先说色彩置配。有寒山之黛、远天之洁；有石径钢青的冷色；有枫林暗红和霜叶鲜红的暖色；还有轻云之白的中间色。色彩之明丽丰繁于此可见。

次说虚数疏密。虚实是相对的，诗中有触目显眼的霜叶之实，远上而白云缭绕，近坐而枫林似霞，有空蒙辽阔的寒山之虚；也有秋叶之实和春花之虚。前者是空间比照，后者是时间（想象中）比照。时空之变，咫尺天涯。

再说远近略详。有寒山石径和白云人家之远；有石级霜叶之近；并有一个中间层次——游车及枫林。层次分明，有条不紊。

最后说动态变幻。“远上”的感觉是步步逼近而又步步远移，斜斜的石径盘曲而上，自有视线追索之乐；步履之态，停车之声，引人遐想，确见清爽幽静；春花秋叶，暗含季节之变；那寒山、白云和枫林之“面”，人家、游车和霜叶之“点”，用石径之“线”一以贯之，由这“点线面”配合而生出动感，实令人拍案而立。

这种从不同侧面、不同角度、不同层次的对比的艺术手法，使诗不仅画面感鲜明，且具强烈的雕塑感，这是我国古典景物诗一个共同的显著特点。它往往从人的情绪视点出发，根据人的主观注意的强弱，如电影摄影中的变焦镜头一样，在同一光学轴线上，推近拉远，摇上摆下，使诗人眼中之景与心里具体的意中之象融会，有所选择，有所概括，造成一种既是客观景物之再现，又包括主观意识和想象的“特殊图景”，以达到“情景交融，因景抒情”的境界。而视线对色彩、虚实、声音、动作有意注意的先后，造成“远近高低各不同”的视听效果，由此，乾坤开阔了，想象活跃了，宏中肆外，荡荡乎，诗意若汪洋也。《山行》的营构乃由远及近，主观注意力不断集中，画面不断缩小，最终将“焦点”对准比二月的鲜花更红更艳的霜叶，使霜叶格外突出，成为诗人此时此刻无限欣喜之情怀的外在的具体客观物。

特别应注意“坐爱”二字：它既表明了这幅秋景图是以人的情绪视点为基础，又表明了霜叶之可爱乃心中之爱。这二字，乃文中之眼，是绝不可忽略的。

原载于《杜鹃花》1984年第11期

关于地质题材文艺创作突破的战略思考

地质事业是一个伟大的事业，它工作的性质，决定了它自身的宽宏博大。它恣肆汪洋的性格，来源于人与自然的矛盾冲突及二者的交流、渗透和融合。人的意识主体精明丰富、神秘莫测，自然客观波谲云诡、万千变化，从事地质事业的人们在二者的撞击点上以观主体和客体，是得天独厚之处。

然而，当前地质题材文艺创作中，却忽视了自己的特点而舍近求远，这是导致我们的地质题材文艺创作徘徊踌躇的关键原因之一。许多地质题材文艺创作工作者，总为地质题材文艺创作工作者，总为地质题材文艺作品不能跻身文坛之引人注目的地位而产生了极大的困惑，正是没有充分意识到这一点而茫然无顾的必然反应。

立足地质事业的文艺创作，必须有“地质味”，有鲜明的地质特色和地质特点，也就是具有地质个性。我们知道，从一定角度看，个性是事物生命力之源，没有个性，事物便失去了生命力。而正是在这一点上，地质题材文艺创作没有自觉地树立起自己鲜明的旗帜和明确的号召，没有探索和建立适合自己个性特点的意识和观念。我们似乎习惯跟在其他炙手可热的创作潮后面跑，甚至亦步亦趋，用别人或其他题材领域已有个成功而归纳出的“及时性”的规律来“规范”地质题材，于是，许多名为地质题材的文艺作品，其骨子里却空空如也，如果我们把其中的人物、情节、心态、情绪等抽出来换一个行动背景和活动场景，则照样通行无阻。这样的作品，最多不过是穿着“地质外衣”的“通用题材”的作品而已。具体说来，当前的地质题材的文艺创作，似有以下几点值得注意。

第一，赶潮流。当某种类型的作品“吃香走运”时，便将自己的笔触“滑”过去凑热闹。从眼前看，也许可出一些作品，然稍把眼光放远一些，已可见是步人后尘而早输一着，再好也不过是二流货色。这种现象作为一种社会病，是广泛存在的。

第二，着眼于城市与荒野的表面关系而不是人与自然的内在关系。地质事业的社会性本身就在城市与荒野之间，它一半荒野一半城市，并不是两个相当独立的实体，二者的关联点上没有充足的深刻冲突的内涵。我们现有的这类作品多是在城市与农村冲突的作品的套路下结出的酸果。

第三，对爱情观的肤浅的演绎。爱情固然是文艺创作的永恒主题之一，而爱情的深刻内涵在于爱情在人的心灵深处即人的本性内的尖锐冲突。在我们的作品中，爱情被框定在程式化的伦理道德的表面的构架内，这里除了作品的一般性观照之外，没有激动人心的因素存在，所追求的是一种“安乐窝”式的满足，将本可深化的人与自然搏斗中人的心灵的繁复性极其地简单化了。

第四，注目于一般的人与人之间的纠纷，缺乏对人生社会和自然的较深层次的探索精神，即对人生的善恶美丑及善恶美丑的揉杂和社会中固疾及固疾在地质事业中的具体表现的描写和揭示。比如，我们描写新一代和老一代矛盾冲突（这是一个很值得一写的方面）的作品，多数是通过一次或多次“交锋”，便万事大吉了，居然连“尾巴”都没留下一条。

针对当前地质题材文艺作品的现状，我们应该怎样闯出一条生路呢？我以为，首要的就是要把握地质的特点，也就是要把握住人与自然的关系。在人与自然的关系中，着眼人与自然的搏斗、人与自然搏斗中人的心态心理的复杂变化、自然中注入的人的精神伟力、自然本体的深奥莫测、人与自然比照等。在真正的地质事业特征中，不管在什么层次上，都会渗透着这一精神脉络，贯注着这一气韵风骨的。失去这一点，便无所谓真正的地质题材文艺作品。根据当今文艺发展的走向和趋势，从文艺创作的作品内在规律看，我以为，以下四个方面的努力是应该做出的。

第一，哲学意识的渗透。创作中，处理具体的各种冲突和关系时，不论是外部的，还是内部的，都应通过特殊的描写刻画，以透视和透射普遍的规律。其中，重要的是要有较明确的现代意识，不回避喜悲和悲喜的交杂，以创作出气势宏大或一吟三叹的作品来，在地质事业中，哲学意识的焦点无疑在人与自然的关系上。

第二，在渗透哲学意识的同时，强化审美的观照。注重于感性的甚至直觉的层面，排除概念或图解的干扰，以自身主体的感受为中心，表现自己的心灵和经过心灵融化后的生活，并审慎于作品本身的美感性。在特定的场合，着重突出自己对地质（人与自然的搏击）的独特感觉的意象而透地表现出来，是能取得成功的。

第三，文化背景的探索和选择。当前地质事业的人的知识构成的有差异性的独特现象——从知识分子到文化知识水平相对较低的钻工的背景需下一番功夫进行深入研究，对其功能进行探讨，以便给地质题材的文艺创作提供一个参照的基础。以现代意识作为出发点来对文化背景进行选择是一项必要的工作，较高层次的观照，是使作品产生“透明感”的重要因素。

第四，向人性深处的掘进。地质事业中人与自然的交往神游与矛盾冲突中，人的心态变化是尤其多姿多彩，不可穷尽的，这里大有文章可做。作为人性的掘发，表现出人类的许多共同因素是其终极的目标。

以上分析和设想，是从文艺作品内部规律的较高层次提出问题的。作为当前的地质题材文艺创作，从本身的纵向比较来看，不论是表现内容还是表现形式，其深度广度都是有所发展的。到了现在，各种因素的急剧变革亟需我们对地质题材文艺创作做出战略考虑。本文作为一个大纲，阐述一家之言，不揣冒昧直言之，以求教于专家和广大读者。

原载于《杜鹃花》1986年第2期

选择与视角

——对地质文学突破的对策思考

话题是阅读袁政谦的中篇小说《异日》（载《山花》1992年第3期）和汤保华的短篇小说《白垩纪》（载《山野文学》1990年第4期）引起的。然而对这一问题的思考，却由来已久。早些时候，在《杜鹃花》1986年第2期上，笔者曾就地质文学突破的战略发表过意见，认为有赶潮流、着眼于城市与荒野的表面关系而不是人与自然的内在关系、对爱情观的肤浅的演绎、注目于一般的人与人之间的纠纷、缺乏对人生社会和自然的较深层次的探索精神四个问题值得注意。并认为要从哲学意识的渗透、强化审美的观照、文化背景的探索和选择、向人性深处的掘进四个方面来做出努力。战略的思考无疑具有一种认识性的意义，然而其可操作性则不明显。为进一步探讨地质文学突破的问题，在确立了战略方向的前提下，讨论对策的问题，毋庸置疑会有助于地质文学的具体创作。在这里，借助具体的具有成功意义的作品来做范例分析，肯定会比单纯的理论论说要实用得多。

凡读过袁政谦的《异日》和汤保华的《白垩纪》的同志，都会把这两部作品看作地质文学里的成功之作，其艺术的魅力和思想含藉的深沉性，都给人留下了极深的印象。特别是《异日》，尚不时有令人心悸的表达。然而从创作主体的角度看，两位作家都属非地质行业人员。地质的“门外汉”，却写出了精彩的地质文学作品，看到了地质事业中的深刻的东西，这确实耐人寻味的。或许，其中最重要的之一是所谓“不识庐山真面目，只缘身在此山中”的道理，太胶着于本身的功用目的而忽视了审美的观照。由此，我们就有了强调地质行业人员进行地质文学创作时的审美的心理距离问题的必要。要在我们当今全身的“入”的情况下而不胶着于“入”，追求一种自觉的“出”的状态和景况。诚如一首诗所言：“侬家住在两湖东，十二珠帘夕照红。今日忽从江上望，始知家在画图中。”平时，她作息其间，朝夕与共，家乡那种秀丽恬静的生活环境并没有引起她多少美的感受。离开后舟返家乡，在江上极目远眺，才发现家乡的景致迷人，好一派令人神往的湖光山色，宛如置身于一幅优美动人的风情画之中，一切都给人以美感。主人公完全投“入”之时，并未发现身边景色的美。当她“出”之时，从另一角度，产生了心理距离，返首观照，顿然感受和发现那些因太熟悉而被忽略了的景色之美妙。依据这一前提，具体到地质文学的具体创作之对策来看，要想“出”，有两点是至关重要的。

其一，题材选择。表面看，这个问题似乎并不成立。地质文学，不就是地质题材吗？然而，认真追求起来，地质题材仅是一个宽泛的概念，这里面没有深浅粗细之分。就眼下地质文学创作之现状看，失之于浅、粗者并不鲜见。因此，选择到好的题材，有较大的可塑性和挖掘性的题材，对创作主体来说，无疑会更好地发挥自己的特长和才能，不至于“英雄无用武之地”，被题材本身缚住了手脚，想发挥也发挥不了。《异日》与《白垩纪》的题材选择，对我们很有启发意义，其题材本身，就包含了某种令人玩味的意蕴，代表了两种题材选择的基本趋向。一是题材的历史意味。这里有一种时间的积淀包含其中，其丰厚性在题材里便已有了较好的基础。《异日》便是选中了富有历史意味的题材。它用文学的方式展示了早年几位地质队员到贫瘠山区进行地质工作而惨遭杀害的事件。作品采用的这个历史事件，我们从事地质工作的，几乎是人人知晓的，而我们在很大程度上把这个事件当作了进行传统教育的材料，而忽视了用文学的方式去表现它，去挖掘这里面所包含的深刻意义。并且，这里面的意义又并不是难以发现和开掘的。这说明，我们的地质文学，在题材选择上是有失误的。二是题材的文化意味。地质事业本身就具有很大的文化意味，然而我们的创作却往往难以咀嚼出文化意味来，倒是那些有着地质的外壳而追求意味的东西更多。《白垩纪》的题材选择，为我们选择富有文化意味的题材做出了榜样。作品写了一位教授带了女儿和学生，由一位老农引路去山里考察的故事。教授的梦境、行为和对地形地貌的解说，无不让人感受到一种深层次的东西，这里起作用的，非文化、文明和科学莫属。就一般普通观念和认识而言，教授这一符号本身，就已集中地体现了文化的意思。

其二，确立视角。题材的选择，仅是地质文学突破的对策思考的一个前提和基础。在有了题材选择的意识和自觉追求以后，确立视角便成了一个最重要的问题。题材的选择，使我们能够明确“写什么”；而视角的确立，则使我们能够明确“怎么写”。在一定程度上，确立视角、“怎么写”是更为重要的问题，是创作中最关键的一个环节。一般而言，在文学创作中，确立作品中“某一人物”为基本视点来叙述故事是一种直截了当的方式。通过这一“人物”或某些“人物”来讲述观察和体验作品中的一切，而这一切又能较好完成，也即“人物”选择较恰当的话，是使得作品具有艺术之魅力的关键所在。《异日》这部作品，在选择了富有历史意味的题材之后，确立了一个独特的视角，以作品中的人物“鸡崽”来讲述，观察和体验作品所发生的一切。鸡崽是一个刚懂事的娃娃，生长在农村，心性淳朴，饱受痛苦和欺压。以这个“人物”为观照点，许多事情“他”是“不明白”的，许多道理“他”是讲不清楚的，“他”只能用一种人所共有的普通的情感来评判和感受一切。因了这，《异日》的艺术氛围显得非常的真实。其间，没有说教、指点和指示，它有着一种强烈的情感涌动，在人之常情的情感体验中，展示着善与恶、美与丑的争斗，并暗示了善和美终将得以胜利的信心。尽管，作品之基调甚悲，然悲而不屈，悲而不哀，通过鸡崽的观照，这“悲”上升为一种悲壮，含藉了悲剧美丽的特质。在《白垩纪》中，其视角是确定在教授和引路的老农之上的。经由教授与老农的观察、体味、讲述和心理活动的双重映衬，构筑了一种别致的艺术韵味。在这种视角下，作品隐去了一些似乎是必须交代的东西，留下空白让读者去想象；而因其视角表达本身的完整性，使这空白能够空而不白，能够在“用不着说”之中达到一种“言外之意”的效果。

以上两点，在是一个技术性问题的同时，也还是一个非技术的、涉及艺术之敏感敏锐性的问题。它最起码要求我们能有所发现并能把握这样的发现，这就要求我们在创作上至少对叙述语言有一种自觉的追求，能在我们文学的讲述中注意到“语言的力度”。而这一切，又要求我们对所要创作的作品的“基调”有着透彻的理解和体悟。在这一点上，《异日》是以

“实”与“虚”的映衬而突出了“虚”着重于“情”并归之于“善与恶”对比为其基调的。《白垩纪》则是以二人视点的省略性“对话”突出地质工作者之献身精神为其基调的。两部作品在技术上对所要表达的基调都把握得极其准确，同时，由此又集中地追求了一种独特的艺术效果，使得作品有了一种不可多得的艺术穿透力。

与此相联系，艺术穿透力的能力核心非价值的挖掘莫属。无论是选择题材、确立视角，还是把握语言，体味“基调”，都是与整个作品所体现或开掘的价值取向和程度密不可分的。把以上所谈问题集中到价值挖掘上，在作品中，我们会发现它包孕了至少三个层面的含义：一是心理的、生命的含藉；二是社会的、历史的含藉；三是人类的、文化的含藉。这三个层面相互制约，相互作用，相得益彰，构筑了作品本体的艺术审美的境界，生发出令人回味和震动的艺术魅力。我们看《异日》，作品里的主人公鸡崽的心理活动和对生活之体味，可以卡到价值挖掘中的第一层面的含义；而作品里的“往昔的”那一特定的地质工作者被残暴杀害的事件，则使我们看到了第二层面的含义；在作品整体中表达的本来是去拯救和开发愚昧落后地区的人们却遭到了被拯救的那些人的杀害而体现的“文明与愚昧”相冲突并控诉了愚昧这一意蕴，我们则无疑看到了价值挖掘中的第三层含义。第三层含义通过第二层含义加强了第一层含义，而第一层含义则体现和透射了第二、第三层含义，使作品浑然一体，绝无故作姿态的造作之感。

对于地质文学突破的对策思考这样的问题，没有人能拿出“仙丹妙药”。对问题的探讨，意在引起大家的注意，让我们大家一起去认真考虑一些现实的问题，并针对自身个体的特点，找寻到适合自己发展的路子。就一般经验而言，从司空见惯的、贴近于身边的方方面面去发现新意和捕捉深意，无疑是一个看似平常、实则深刻的道理，是一种进行创作之思考的极其有用的方法途径。不过，真要自觉地意识到这一点，已属不容易；而要动用于创作中，就更加困难。如一位学者所言：“从平常熟悉的生活现象发现和捕捉到新意，需要深厚的学识基础和敏锐的思维。”就我们来说，加强自身的文化学识修养和善于借鉴他人之成果当是当务之急。胜利属于敢于攀登和艰苦耐劳的人，为了地质文学的突破，我们大家一起努力吧！

原载于《杜鹃花》1992年第2期

精彩的故事与乏力的叙述

随着对新时期文学创作中文学本体认识的逐步深入，作家们深感自己想要表达的真情实感与运用的固有形式之间产生矛盾，以“八二、八三年为标志”，文学的叙事意识产生了变化。作家们殚精竭虑寻求新的叙述方式、叙述语言来尽可能深刻地表现自己所感受到的一切，并传达给阅读者。这种探索给新时期小说创作带来了活力，促进着小说创作的进步和深化。但不知是对于语言感觉的迟钝，还是一些作者追逐“情节热潮”陷入迷宫，或是过于编织和寻找“扣子”……反正，贵州文学界至今尚无明显迹象表明对叙述方式的重视，读了发表在《山花》1988年第10期上的《廖国松作品小辑》，使我更深地感到了这一点。

廖国松的三篇小说作品为《绿房子》《滩头》《紫色》，其“故事”非常精彩，浸润着敏锐、机智，并带有荒诞意味和神秘色彩，其阅读感觉足以令人吃惊。那些若有若无的潜意识幻象、价值倒错的喜剧、先民原始意念的迷蒙体验和非理性的隐秘刺激等，常叫人瞠目结舌。不管是《绿房子》的“文革思维”的幽灵式显现、《滩头》的“愚”与“智”的悲伤叹息，还是《紫色》的“不可名状”的“原始心象”式体验，作品都具有颇为解颐的“文眼核心”，包含着对于生命流程的各种潜在的“有意味形式”的再现。

但是，这些具有极其精彩的“故事”的小说，读后总有一种不尽如人意之感；总觉得似乎少了一点在当今小说中应具有的品质；每读到结尾处，《绿房子》《紫色》由“实”入“假”，《滩头》祸福倒错之时，似乎感到了一种陈旧——这不就是“欧·亨利式”逆转结尾吗？原来，作者的叙述语言太让人失望了。小说的叙述语言并没有给予读者新鲜感，太“呆板”、太“实在”了，语言形式里没有留下应有的“空间”以生发吸引读者的思维想象进入小说世界的动力。

现代人所热衷的叙述语言中，重点是语言知觉形式本身，是语言在“构成”与“被构成”中所包含的人类智慧的启迪性，眼下有人将当今小说划分为智慧小说与经验小说。智慧小说的语言，常常含蕴着不是常态的生活逻辑的运用，构成荒诞、幻觉和怪圈等品格。这种语言表达即叙述语言，具有一种埃舍尔式绘画语言的智慧性。就廖国松小说的“故事”品格看，当然是属于智慧小说一路，但他的叙述语言却是乏力的，缺少语言智慧，不仅不能承受“故事”的各种睿智的穿透力的沉重，而且极大地削弱了小说的艺术感染力，阻碍着小说本已含藉的感觉力的表达。叙述语言变化的重心在智慧小说，同时，经验小说，以切身的生活经历为基础的平朴语言表达的小说也不免受影响。如贾平凹的《浮躁》。现代人对语言的感受有时超过了对经验的感受，一些人甚至只愿在语言的“形而上游戏”中流连，以求从语言中生出“世界”来。

对语言知觉形式的忽视，终将会使作者感觉到的真情实感和表达的固有语言形式之间陷入尴尬境地，贵州小说创作，在这方面实际上已举步维艰，应该有创新叙述语言自觉意识才可能获得创作的更好发展。贵州的一些小说，改编成电影后声名大噪，其原因，固然与传播工具有关，但其中叙述语言也是相当重要的。小说叙述语言过于陈旧板滞，难以引人入迷。

叙述语言的陈旧必须打破，这理当是贵州小说创作的一个重大课题。

原载于《贵州日报》1989年1月15日

市民文化的叛逆者

对叶辛的作品，一些评论者的指责和广大城市普通读者的欢迎，都源自同样的理由。其中最重要的有两条：时代的敏感性和讲述的故事性。从《蹉跎岁月》到《家教》所贯穿的，正是这“两性”，以此铸就了叶辛作品的主要特色。

叶辛的作品，无不敏锐地把握着时代的脉动，在伤时忧世中揭示着市民阶层的心态。不管是《蹉跎岁月》的“知青返城后的心理和生活及其未来”，还是《家教》的“伦理婚姻家庭的思考”，都是围绕着市民生活与心态展示的。将上海“小空间式”的自满自足的文化形态作为市民文化的典型，我想，大约是可以成立的。它不同于北京“大村庄式”的市民心理中夹带着的帝王气息，也不同于山区里带有“掠夺性、显富性”的市民心理。它特别注重身边事和一已利益，习惯多一事不如少一事，但必须相安无事，如果与已有涉，非过问到底不可。在中国，这种市民文化心理具有广泛的“市场”。叶辛的作品由此而获得时代敏感，受到广泛的关注。

在叙述上，叶辛的作品长于动作性描绘，有人称之为“大故事套小故事”，这是符合事实的。凡读过《蹉跎岁月》和《家教》的人，我相信都会同意“故事性”之说。“故事”的丰富和“动作”的连贯，改编成电视连续剧可谓在情理之中。一般的市民阶层，无疑是十分欣赏故事的，有头有尾，衔接流畅，一因一果，不差分毫。电视剧《家教》，似乎是无尾的，其实是无尾中有尾，其内在故事已完成，心理上已画了个圆圈，至少，最具有反抗性的一位人物有了一个安稳的“家”，对立面的转换已在不知不觉中完成。“故事性”构成的重要基底之一，是审美意识上的“和谐”主张，那些崇尚“冲突论”的评论者，自然是要极不满意“大故事套小故事”的。

以上“两性”，包含了一种对生活的直接开放的意识，触及时事，与已相关，赢得广大市民的共鸣；

讲述“故事”，饶有兴致，心理平衡，深为广大市民理解。就作品里对“平衡”而不是“凶险”的追求，就含藉了“怎样才能生活得自满自足些”的市民理想。但是，叶辛的作品绝不是廉价的“理想”所能概括的，如果不仅仅如此，也就不会引起社会纷纷而起的论说了。叶辛作品里更重要的、占主导地位的，是对自满自足的市民文化心理意识的反叛，包含着深沉的忧患和一些浅表的怜惜。这种反叛，出自一种透彻的理解，因此包含了相当的深刻性，然而也往往引人误会。正是这种理解，使叶辛作品具有了相异于他人的作品的特点，从而在新时期文学中独树一帜。

具体说来，叶辛作品对市民文化的反叛性，在《蹉跎岁月》的“回归意向”中可以清楚地看出来。这种“回归意向”，一方面表现了对既往知青生活的眷顾，有一种对于自己情感付出后的珍惜心情；另一方面，则是在生活的反差中觉出了市民文化、市民生活的狭隘和自私，含藉了对市民文化的不满。在后来的发展中，显然是后者得了强化和深化。《家教》，正是这种强化和深化的表现。反对束缚、追求自主、崇尚情感的解放、向往生活的自由，处处透射着反叛市民文化的光彩。既便是“故事及心理的圆圈”里，那“谐和”之中也已包含了非平衡态的意向，具有打破稳定的心理态的冲力。“家教”的崩溃，展示了市民文化实质上的危机。这种危机的潜在，使市民阶层在观赏《家教》时或强或弱或多或少感到一种震动。这种震动，有可能使人们以一种新的眼光来审视自已眼下的生活。我们尽可以责备叶辛作品里的“柔弱性”或“世俗性”或“陈旧性”，然而，深层里震动的反叛意向，却是无论如何也该受到重视和做出认真探讨的。

原载于《贵州日报》1989年9月3日

不懈追求的坚实步伐

《山花》《大家》《钟山》《作家》“联网四重奏”，给中国文坛带来了一曲令人耳目一新的音乐。

《山花》在贵州，《大家》在云南，“四重奏”之天下，地理位置以及相应的政治、经济、文化地位并不是处于中心，而是在边陲的贵州、云南有其半，这不能不说是一个耐人寻味的话题。《山花》是灼灼绚丽的，特别是近期以来更引起了文化、经济、政治中心地带的积极关注（不少在全国有影响的报刊和文人学者的转载评说很能说明这个问题），在中国文坛正产生越来越大的影响。同时，这也对推进贵州文学发展产生了压力和动力。

翻阅一年多来《山花》刊登的作品，当然不能说都是当今的经典之作，但可以说许多作品都有一定分量。无论是名家还是新手，被《山花》推出的作品都各有特色，值得一读。第11期上刊载的小说《受伤的猫头鹰》《尽情狂欢》《逃离猎人山庄》和《恍惚》，作品是在乡村、城镇和外国的背景中展开，叙述上各擅胜场。在故事中，在意识的流动中，在真假虚实的边缘之间的游移中，其内涵冷峻而深刻，对文化、人性、时代生活、当下人的隐秘心理状态等方面的透视和揭示，足以令人玩味再三。《钢音小辑》中，李钢音的散文《致默尔索》，叙述和思想都达到了相当的深度，“你总是站在现实和真相的临界点上，向我们提醒你身后硕大无朋的人性的真相”“而为了能够看一眼这真相，更多的人在忍耐着、努力着……”拳拳之心，情真意切。散文随笔《圣地》《夜雨的忧郁》和《白花冷淡亦牵情》，诗歌《夏天》《平原纪事》《女儿》《天趣童心》，对当下生活、文化心理和情感的深入真切的感触溢于字里行间。尤值一提的是《山花》对创作与理论批评并举的重视，《三十年代文坛上的一场恶战》，写二十世纪三十年代事，说九十年代的理，看似摆了个龙门阵，实则有很强的时代针对性，令人解颐；《此时此地：重新追问我们的位置》《现代诗意的方式和审美趋向》等篇什，那种论战气息和新向度研讨，也给人许多启发。《山花》对酝酿新的文学思想的执着和强调，是为造就更加有力的文学势头而努力。

机遇和成功总是青睐孜孜不倦的追求者，愿《山花》在追求中更加烂漫。

原载于《贵州日报》1995年11月29日

洋洋洒洒“打工文学”

我国的“打工文学”作品可谓悄然而至，一鸣惊人。都是些年轻人，从某一个固定的家园，外出打工或“扒分”，并将其生活体验写成文学，不期然便形成了“打工文学”。

大概，《北京人在纽约》影响范围最广。电台播出，报刊转载，再经由影视界人士插手，名演员出场，外国实景拍摄，确实沸沸扬扬（甚至还被普遍预测为1993年的“火片”）。而《上海人在东京》《中国留学生在日本》《我的财富在澳洲》《青春驿站——深圳打工妹写真》等作，同样大受欢迎。另有诸多中短篇之作，也不乏热心读者。尽管“打工文学”持续地“热”了一阵，然而读者热情未减，《曼哈顿的中国女人》《娶个外国女人做太太》再掀热潮即是明证。如果说早些年的“知青文学”以其“土”的特色打动人心的话，那么，“打工文学”无疑以其“洋”而独占鳌头。那些一般人所向往而又熟悉的“洋”（或是带着“洋”味的）地域（如纽约、东京、曼哈顿、深圳等），已自有一种吸引力，再加上它契合了当今中国之历史嬗变以经济建设为中心的热点，并且反映了大家普遍关注的现实问题，便毋庸置疑地辟出了一片广阔的接受市场。

平心而论，“打工文学”作品在写法和故事编织上并无特异之处，然而它生动“纪实”的描写，能在故事里满足读者的好奇心和吻合时代的文化心理欲求，其备受读者青睐便不足为奇了。

当然，从文学本体的角度考察，可明显看出，“打工文学”作品热潮更多地带有题材效应和新闻效应，这是我们理应具有的清醒认识而不能过于自以为是。

原载于《贵阳晚报》1993年5月18日

乡情浓郁

杜若的诗风一如其人，很朴素，大多水墨画似的白描，淡雅中流露出淳朴的乡土情，浅显中寓着深意。第一本诗集《山路》就以其准确的意象把握和强烈的激情相结合，表现出浓郁的乡土情特色，浸出一种令人着迷的艺术魅力。诗作充满对家乡故土的深厚感情，充满醇郁的田园气息和纯正的乡音。

他的第二本诗集《县委大院》使我们有机会更全面地了解其创作风貌。在这本诗集里，他的身份虽然是县委副书记，但却仍以一副大山儿子的面貌出现在我们面前，诗里依然带着浓重的泥土芳香。这本诗集，不仅写出了诗人对生活的思考，闪烁着理想的光芒，同时还反映了历史的发展给家乡、生活带来的变化。写这一切时，他不是作为一个游客、旁观者，而是作为一个身在其中、心在其中、悲欢喜忧皆在其中的诗人。这一份浓浓的乡土感情，其他人是难以模拟的。

《县委大院》第一辑中，《县委大院》《书记与诗》等19首诗，写了县委的工作和干部们的生活、思想、感情诸多方面，诗人用抒情的方式，从一个新而巧的角度，来表现县委大院里的正气浩荡，生机勃勃、感情沛然。他致力捕捉人生重大问题上的独特感受，写理想，写青春，都立意新颖，下笔不俗。尽管诗人写的是“县委大院”，但其落脚点都是浓郁的乡情和泥土味。

《农家的窗口》《绿色的问号》这两辑，则在更广阔的现实基础上，歌咏了县镇与乡村丰富多彩的生活，其间的乡土情，也是溢于言表的。杜若善于酿制醇香的诗味。如《心愿》：从习水酒的瓶装写起，飞天的形象作比到“让生活的酒窝荡满了笑意”为结，既写出了习酒飞向世界，又让浓郁的乡情荡满了字里行间。

即使最后一辑《我离不开她》，也仍然写诗人对家乡习水的深厚感情、对故乡亲人的眷恋。尽管诗人远离家乡，但还是把都市的爱与故乡的情连在一起。他轻轻地写道：“我生命的绿树／只有扎根在她的胸怀／才能生机勃勃，枝叶茂密。”读后，你会被那种伟大深挚的爱所感动。

诗人自己强调：“诗是时代产物，诗人的心应当同大众的息息相通，诗人的作品应当尽可能广泛地引起读者的共鸣。”这或许正是杜若诗歌中浓郁的乡土情的来源之由吧？

原载于《贵州日报》1993年6月23日

寻找新感觉
——何文小说谈片

何文恐怕是在贵州创作小说的青年作者中最痴情认真者之一，翻阅他近年来发表的小说，探索的精神是很明显的，小说的内涵不断深化，小说展现的大都是当今青年一代的凡人小事。看得出来，何文是疼爱自己笔下这帮小人物的，迷茫他们的徘徊、同情他们的痛苦、理解他们对命运的不屈抗争以及他们不时表现出来的不太正经。通过这些人物，我们发现何文的小说在寻找一种新感觉，一种经济的商品大潮之外的东西，他对这些不起眼的凡人怎样实现自己的价值进行了尽管尚不十分执着顽强的求索，这使何文的小说具有了一种独特性甚至可以说是深刻性。

小说里的“凡人”，一方面他们身受那个非人的动乱岁月摧残，有过失落感，甚至留下了心灵的创伤；另一方面，他们不甘受命运的捉弄，在当代生活中躁动不安，想成就一番事业，实现自己的价值。生活的磨难、特殊的经历，铸就了他们独特的性格，在玩世不恭的态度下往往隐含着一种真诚；恶作剧地闹出一些乱子来，作乐之中透射着一分真情。其阅读效果，往往是当你喜欢这些人物的时候却一有丝讨厌，而当你讨厌他们的时候却不免生出几分喜欢。

在何文已发表的小说中（比如《春来了》，载于《高原》）1989年第4期；《广场》，载于《山花》1993年第3期；《除夕一声钟》，载于《山花》1993年第11期）所塑造的一系列青年人物形象和描写的生活场景中就充分体现着何文的追求和通过对“凡人”“小事”复杂性格的刻画，揭示一代人共同拥有的某些方面，寻找新感觉实现自身价值的特色。这种揭示是围绕“情”串接故事来表现人生，通过情的纠葛来透射社会时代、历史、文化的含义，从而着重表现在现实生活中似乎“不起眼的凡人”所具备的奋发、追求、尊严，在新时代里寻找新感觉，实现自身价值的人性的深刻性来加以着重表现。何文对生活的理解和追求新感觉的探索，都是通过男女主人公形象围绕揭示社会复杂性和历史造成的既定事实来加以描写的，因为在何文感情的奔泻过程中，最为突出的就是主体和对象，作家和人物结下不解之缘，伴随人物的活动而一起运动，或者说就是作为一个成员和对象一起生活过，在生活中有相似的经历孕育了感情，然后作者把这种感情带进小说，使情更能深深打动读者。在一系列小说中，大多是女主人公的单纯痴情衬托男主人公的复杂，并主要体现在他们对社会生活行为上的理解之中。小说所具有的理想色彩，潜隐在更能刻画出真实生活本质的“凡人”“现实”色调的氛围里，既有对现代社会变革的进步，对一代人的追求的热情描绘，更有对那一代青年人生存艰难的表现，后者更有存在价值，更耐人寻味。

探索新感觉，实现人生价值，何文写的小说《春来了》是一部于他自己而言具有起点性意义的作品。美丽漂亮的少妇“她”，清纯得逗人喜爱，爱得大胆、炽热，而互相爱着的“我”呢？为与其丈夫的友谊压抑着爱，通过这种情的纠葛和两个人物形象，我们看到小说试图将凡人的感情由沉重转为轻松自由，对感情及生活现实的感受转向人生的探索，体现了寻找新感觉超越封闭苦闷去追求符合人的本性的生活的强烈意向。《广场上》主要采用悬念手法，阅读吸引力很强，并使读者阅后产生出一种读一般小说时所不易产生的情绪激动。小说大力着墨的女主人公，清纯中透着真爱，她表面上富有理智，甚至冷漠，但内心深处的爱似一团火在燃烧，衬托着男主人公的性格特征。男主人公在写作课上的一席发言，深受老师，特别是女同学的青睐，在他那似乎看来是春风得意，有钱、潇洒、挥金如土的表现下，却透着一种似乎是令人难以捉摸的痛苦和空虚、无奈和困惑。他在某种程度上受着炼狱般的折磨，因为他是一个“小偷”。小说把这个小人物微妙的心态刻画得栩栩如生，语言幽默调侃，符合一个从特殊岁月铸炼后悲剧式的“灰色”，那种悔过自新呈现出的拼搏的渴望与担忧，其核心里，主人公寻找新感觉，强烈地要实现自我价值，得到社会的正面承认的愿望和追求，是跃然于纸上、直透于字里行间的。

相比之下，《除夕一声钟》中的女主人公，更使我们看到了小说对女性小人物包含着深情的爱和对男主人公复杂性格的细致把握。作品的理想主义色彩很浓烈，是其一系列小主题在顺延中更进一步的深化。小说中女主人公少妇苏娅在除夕之夜无意中引起一连串令人吃惊的故事，在豪华歌舞厅与潇洒帅气的“大款”崔明初逢一见钟情，此番佳人逢才子乃正中下怀。孰料这偶然相遇以及后来所发生的一切，竟是崔明事先精心策划和安排好了的……面对人生的昨天、今天与明天，过去、现在与未来，昨夜的除夕钟声悚然敲响。这段故事的内涵，在起伏迭宕的人生纠葛中寻找新感觉，实现自身价值，令人明显地感觉到作品对社会人生的思考不断深入，从而在小说中流溢出强烈的理想主义色彩。而且这种强烈愿望，却无一不散发着强烈的悲剧气氛。关于那一代人的悲剧或爱情悲剧，我们已读过不少，“反思”“伤痕”小说中有不少这一类故事。可何文小说的爱情故事，漂亮迷人的苏娅、崔明异母同父的妹妹鸣艳、苏娅和鸣艳的母亲等女性的经历，从不同的视角着笔，作者似乎不再追求那种历史的画面感，可是几十年的恩怨纠缠和情感纠缠却偏偏再一次拨动我们的心弦。虽然何文只是深情地、平静地叙述，可是在平静的深处，却是汹涌澎湃的情感浪潮、抑制住的激动。越是这样“压抑着感情”，就越是有着一种奇异的艺术张力，感染读者。小说所包容的社会历史及政治风云的背景和人物活动环境十分丰富，所围绕的却是“纯粹”个人的青春故事和情爱隐痛。这里虽有类似“借一家人的爱情悲剧”表现那一个悲剧的时代，但作者对一个人的内心隐痛的描写并不是想“说明”什么道理，而只是叙述一段奇异的情爱故事，其叙事目标不是反思，而是着重于对那一代人在改革开放岁月中所处的位置的探索。在小说《除夕一声钟》中，几十年风风雨雨，照应了崔明的聪明，以及“分解在对几个人物先后的叙述之中，人生的视角无须斗智炫巧，自有其自然的过程，情节上也不加渲染，又更反衬出人生的深厚的意味。何文的小说不是着力地想“再现历史”，而是着意于表现那历史遗留下来的脉脉情怀。历史已经一去不复返了，留下的只是一些历史的“印证”，人生还在延续，包括对往事带有主观色彩的追忆。当然，寻找新感觉也在继续，因为我们发觉何文笔下的悲剧形态与众不同，总是留下希望。一般写悲剧，是将叙事的重点放在“毁灭”上，将毁灭作为它的中心和高潮。而何文的小说则将叙事的重点放在“有价值的东西上”——毁灭只是告诫悲剧不需要重演，而不是悲剧的审美意义的全部。何文并没有浓墨写怨和毁灭，而是刻意探索抒写新一代人对爱的理解和复苏，而且何文对笔下悲剧人物寄予的是更多的同情和期望。

在总体上，我们可以说何文的小说创作包含着较复杂的人生感受与启迪，作者对一代生活生动灵魂捕捉的感觉，给读者带来阅读的快感，但是蕴含着的社会意识与生命意识却是深刻浓厚的。读者可以从不同的角度去看它。你可以说小说是着重写一系列女性形象，但同时也可以说着重写一系列男性形象。你可以说这是写一个过去时代的故事，也可以说是写现在都市生活的故事，因为围绕故事的“情”是在“现在的”现实中得到迸发的。而且你还可以说它是一系列爱情的故事，一代人在特殊岁月中的悲剧，这痛苦的深情又影响了一代代人。也可以说它是对历史与人性的反思，因为小说中对历史和人性提供了新的视觉，何文通过小说中人物形象之口流露了对情的执着与追求，这“情”已不是情侣之情，是何文对生命的热情讴歌以及最深的感悟和纪念，我们在小说中什么都看到了，但什么都不能肯定，或许那一代人可从小说男女主人公身上看到自己的身影，而这一切都是围绕着在新时代里寻找新感觉、不起眼的小人物实现自身价值而展开的，因此在纷纭中其基本意向十分明确。何文的小说虽然是孕育在一定真实生活沃土上，仅从小说中谙熟笔下小人物的悲剧特色，驾驭之笔纯熟，寥寥勾勒，轻描淡写，平淡之中便难引起读者注目关心这一点看，就已透出了作者一定的生活基础和艺术功力，并使他的小说有可能进一步更丰富、更深刻。另外，何文的创作系统地重视“雅俗共赏”，但“雅”与“俗”都能为读者所接受，在我们看来，这主要是一个作家的艺术视角和艺术关注点的问题。因为对于审美的小说创作来说，只有超越了“雅”与“俗”的考虑，才能真正进入自由的艺术境界。《除夕一声钟》以作者特有的艺术方式加工，构思的故事，便是做了一次成功的尝试。所以说何文的“寻找新感觉”，也包含着“文学的新感觉”，或者说何文在探索小说艺术的尝试和追求又有了一个新的起点。

原载于《今日文坛报》1994年7月1日

都市人的智慧与心态

——《贵阳晚报》副刊“小小说专版”印象

用文学的三棱镜折射生活的阳光，我们看到的就不会仅仅是一些事件和表象，同时还有深嵌着精神和文化特质的斑斓七彩。因此，小小说作为一种文学“快餐”，如果作者的观察较细、体验较深而编者眼力较为敏锐的话，其文化营养也将不少。在读了《贵阳晚报》综合副刊近期的几个“小小说专版”之后，我写下了下面的文字。

小小说在表现上以其“短、快、热”著称，篇幅不大，反映迅速，抓住热点；文字容易阅读，内容易于消化，情绪易于共鸣，因此，从艺术角度看，对小小说的文字表达，情节构成，主题内蕴等都提出了较高的要求。“小小说专版”是精心制作的，令读者首肯。仅以作品开头为例，不难看出整体上的功力。可以说每一篇的开头都是简洁而富有弹性的。比如下面这个开头：“‘宠物热’起，狗价扶摇直上。有妇人徐娘者，扑腾商海数载，浮沉瞬息之间，此际看好潮头，钻入狗道……”（《狗西施传奇》）。

事件，在商海中浮沉的“徐娘”要转向贩狗；原因，狗价暴涨；结果如何，已在吊读者胃口。行文非常简洁。其“悬念”也很明显，围绕贩狗肯定要引出什么故事来。加之用了“扑腾”“钻入”“狗道”这类字眼，戏谑揶揄妙趣横生，是引人入胜的。

当然，我不敢说我所读过的十九篇作品都值得称道，但其中确实有不少寻常之作，很耐读。而更重要的是，这几个专版的作品在总体上织成了一张网，在生活的海洋里捕捞了许多有价值的“干货”，明显地透射着都市人的智慧和心态。“小小说专版”围绕理想的追求，丑恶的鞭挞和世事的评说，都呈现了一种都市人在不愁吃、不愁穿的基础上“冷眼热心肠”看世界的特色。

最有特点的恐怕数讽刺与调侃主题，通过“含泪的笑”，都市人用并不是太直接的方式针砭邪恶和社会上的不良风气，宣泄心中的不满情绪，表达对“眼下”世事的看法和善意地对“迷”于生活之人进行劝喻。这类作品在“小小说专版”中占了三分之二强的篇幅，足见其具有的典型性和普遍性。如果说《狗西施传奇》是对商品经济大潮中的不正常现象进行“热嘲”的话，那么，《高抽屉与矮局长》则是对“官本位”意识的“冷讽”。而《王师傅打假》《陈老太轶事》《鹦鹉》《廉政》《问卦》等篇什的调侃主调和讽刺性刻画，揭示都市人心理百态，如果夸张些说，确实有“入木三分”之妙。

对社会生活“怎样”进行评述，是依据于道德观念而做出的。“小小说专版”体现的是一种下面的、善良的道德价值追求，比如《小小驼铃响叮当》和《爱之路》等篇，对于人性深处的情感和良知的呈现和揭示，表达了一种人与社会的良好和理想心愿，令人感动。但是，在当今社会转型期，更多的则是道德价值的困惑。《“币”的魅力》在想象和现实、追求和失落之间，寄寓了思想的困惑，流畅简练的文字之中，流动着道德的滞涩和生活的尴尬，令人玩味。

作为精神文化较高层次的形而上思辨，“小小说专版”也有精彩的篇目。有的篇章就通过主人公的传奇事件，透露了一种在世纪末的恐惧中人们对待死亡的意识。动荡变幻的时代，人们对自身处境的紧张害怕情绪相对于安稳开平的时代要强烈得多，其终极点是聚集于死亡的，因此这是一个敏感的话题。作品“不相信死亡”的情绪渲染，代表了一种具有文化共性的心理意向，在世纪末的当今具有特别的意义。

以上评说，纯属个人之见，还诚恳地求教方家。

原载于《贵阳晚报》1995年4月28日

普通人的命运交响曲

——简评《命运魔方》

韧性是中华民族性格的重要核心。面对多舛的命运，人们往往表现出最大的忍耐，在等待的过程中以各自的方式和行为装点生命的轨迹。而忍受苦难、接受打击，作为一块试金石，最能体现人们对生活的看法和人生的态度，体现人民在生命流程中的耐心。《命运魔方》（中篇小说集，陈学书著，贵州文学丛书）在这方面的揭示相当深刻，特别是在当前中国激烈的社会转型时期，读来让人感慨万端。

陈学书的笔是深沉犀利的。围绕命运的流传，作品展现了生活的七彩斑斓。在《山国女子》《命运魔方》《远山》《野牛寨》《普阿山轶事》等占二分之一的篇幅中，作品通过其中的男女主人公们正面描述了命运抗争主题，他们历尽坎坷和磨难，分别以私奔、平反、死亡、圆满成功等结局。无论以什么样的形式结局，他们在生活过程中始终充满信心，从未放弃抗争和积极努力的追求。他们生活的信心主要来自于爱情、友谊、斗争和执着等，在接二连三的灾难的打击之下，他们决不低头，从最艰难的甚至于死亡威胁的边缘爬回来，也要坚定地或者是快乐地活下去。作品从历史、时代的角度揭示主人公们命运坎坷的原因时写得很尖锐，比如“一手遮天”的小官僚和时代潮中沉浮的小人专与善良人过不去，对好人的迫害无所不用之；而从内在精神角度揭示时则写得非常深刻，比如迷信思想和封建意识就束缚着主人公们的行动，左挣右扎也难以跳出自己的精神枷锁，令人扼腕，令人辛酸。

陈学书的作品世界给人以亲近感。在六部小说中出现的人物，都是极其普通的芸芸众生中的一员，就像是你身边的某个人；那些故事，都是极其常见甚至司空见惯中的一件，就像是发生在你身边的某一件事。然而这些人和事经过选择剪裁和提炼之后被放在农村和小城镇等背景里，加上时代因素的融入，平时未见的文化深层含义呈现出来，产生出震撼人心的力量。

陈学书的道德观念十分明确。对历经坎坷后走进新生活的人，作品忘情地为之欢呼鼓舞；对抗争命运失去生命的人物，作品最大程度地抹上沉痛的亮色；对作恶多端的人，作品旗帜鲜明地给予无情的揭露、诅咒和鞭挞。通过道德价值，作品对人生的判断毫不含糊，善有善报，恶有恶报，好人总归会得到社会广泛的支持和认可，忍让谦和必定会有好的结局和归宿。

总之，陈学书笔下的肖像，综合而成一支普通人的命运交响曲，为我们提供了一个必须面对的内在文化心理现实，一个深沉得让精神战栗的话题，足以令人三思。

原载于《毕节报》1995年5月3日

笑出了性格　哭出了性情

具体动作，总与人的性格和性情紧密相联。在优秀作家笔下，作品中人物的一举手、一投足的外在动态，都能传神地表现出人物的内在思想和心情。不管是相同还是相异的动作，都能描摹出不同的性格和性情来。

我国古典小说《红楼梦》， 写到贾母请刘姥姥吃饭，后者谐语打诨，引得上下人大笑不已：“湘云掌不住，一口茶都喷出来。黛玉笑岔气，只叫‘嗳哟’！宝玉滚到贾母怀里，贾母笑得搂着叫‘心肝’！王夫人笑得用手指着凤姐儿，说不出话来。薛姨妈也掌不住，口里的茶喷了探春一裙子。探春的茶碗都合在迎春身上。惜春离了座位，拉着他奶母，叫‘揉揉肠子’。地下无一个不弯腰屈背，也有躲出去蹲着笑的，也有忍着笑上来替他姐妹换衣裳的。独有凤姐、鸳鸯二人掌着，还只管让刘姥姥。”作家通过“笑”的动作，刻画了人物豪、娇、尊、卑各个不同的层次和性格。其中有二人一反常态不笑，却因她们是幕后执导者。这精当准确的描写，非斫轮老手不能为，一石数鸟，令人拍案。

对《红楼梦》成书影响颇大的言情小说《金瓶梅》一书中，有一场“哭”的好戏。潘金莲设计气死了李瓶儿后，阖家大小、杂色人等都哭了起来：即西门庆一边哭一边叫：“天杀我西门了……”吴月娘听得，有些不耐烦，说：“哭两声丢开手罢了。”孟玉楼很冷淡：“李大姐倒也罢了，倒吃他爹这三等九格的。”表示了一点不满。清代著名小说评点大师张竹坡对这一节“哭”评点道：“西门是痛，月娘是假，玉楼是淡，金莲是快。”大家都哭，却动作有异，请语不同，表现了各人的心绪，写出了这些人相互间的微妙关系，真真妙笔仲机，淋漓之致。

“嬉笑怒骂，皆成文章”。小说的描写刻画中，一定要在“嬉笑怒骂”的动作中寄寓着人的性格、性情，即思想性，方能成为好文章。以上的一“笑”一“哭”是绝好的说明。

原载于《中国地质报》1985年5月10日

哭的欢乐　笑的悲哀

遇悲则哭，遇喜则笑，这是人之常情。然而，有时在大悲大喜前，人们的哭与笑发生了逆转：喜极而哭，悲极而笑。在文学作品中，恰如其分地运用这种逆转，是能表现和揭示出人物更深层次的悲和喜来的。

著名长篇小说《红旗谱》写到运涛的母亲非常疼爱儿子，“为了运涛，她的眼睛哭干了，好像枯了的井，用手掏也掏不出泪来”。一天，她收到了日夜想念的儿子的来信，这真是一件天大的喜讯！然而，她笑不出来，眼泪却“像雨点子落下来，扑簌簌落湿了衣襟。把头钻在墙角里，抽抽噎噎哭起来”。

喜讯太巨大、太突然，使她思想上和心理上一时承受不了；竟因高兴而情不自禁地哭起来。这段喜极而哭的描写，充分表达了母亲的一片至情。

中国古典小说《红楼梦》里的林黛玉，是一个寄人篱下、多愁善感的弱女子。伴随她生活的，是无尽的悲怨和无尽的眼泪。但是，当知道宝玉要和宝钗结婚时，她心里响起“疾雷”，身子“竟有千百斤重”，对众人的宽慰和劝导，她仅仅是“微微一笑，把眼又闭下了”，或“微微一笑也不答言”。直至“焚稿断痴情”，她也没哭一声，连一滴眼泪也没有。这“笑”是一种由“哭”而来的悲愤至极的笑，是令人肝肠寸断的笑。强烈地表现了林黛玉骨子里的叛逆性格。

哭笑之转，悲喜之变，皆由生活的逻辑和人物心灵的辩证法所决定，只有深入生活和细心体验人物的心灵，才不至于东施效颦，才可较好地把握艺术分寸，准确地再现出哭笑与悲喜的关系来。

原载于《中国地质报》1985年12月13日

凤凰涅槃与浮士德

郭沫若的诗歌《凤凰涅槃》与歌德的诗剧《浮士德》，作品里都奔涌着气势磅礴的热情，读来荡气回肠，令人激动。然而，两部作品的内涵体现的对人的认识、对人生的观照，对无限和有限、对个体与群体等的含蕴是大相径庭的，代表和展示了东西方民族的不同的深层文化心理意识。

在《凤凰涅槃》中，凤凰对唱，欢歌着，他们自己衔来香木，燃起焰火，将自身投入火中焚烧。在它们死亡和毁灭的同时，获得了“更生”。烈火烧炼后的凤凰，具有新的质，进入了生的另一境界，能够长生无虞，永远欢唱。凤凰自焚，挽歌声里夹带了安稳和自足，似乎是有条不紊地对待毁灭。在《浮士德》里，却是一枚躁动不安的灵魂在游荡着，主人公为了追求完美的境地，走出书斋（读书使他失望）， 体验了物质享受、吃喝玩乐、恋爱、高官厚禄、科学研究、古代艺术等，他感到这些都不完美。最后，他听到劳动者欢乐的歌声，发觉自己实现了填海扩田的夙愿，“要每天每日去开拓生活和自由”，这是完美的境界。

《凤凰涅槃》明显地体现了东方民族的文化心理意识，认为无限在有限中，无限从个体中出，通过个体的人，可以达到人的无限的不生不死的永恒境界。人们要求涅槃之境，就要像凤凰那样，个体的否定和自身“毁灭”至为重要。无限存在于个体之“内”，向“内”的探求和自省，就包含了达到无限的巨大可能性，而能够否定个体，无限即能从个体的有限中脱颖而出。由斯，对《凤凰涅槃》中争论不休的“一切的一，一的一切”之句，便可不诠自明了。《浮士德》体现的是西方民族的文化心理意识。从个人角度说，无限并不存在于有限中，个体是不能生出无限来的，完美的境界，是外在于个体的人的另一种存在。要追求完美之境，就必得像浮士德那样，不倦地探求，不断地寻找。无限是存在于个体之”外”的，只有向“外”求索，才有可能达到无限。在个体的“创造”中，无限的产生有了条件；个体的“宏福”至多只有一瞬间，真正“光荣的”，是属于另一“外在”存在的天帝和圣母。

《凤凰涅槃》和《浮士德》体现的在总体上的文化心理意识，是东西方民族在对待人生的态势和行为上产生甚多差异的重要依据。那些比如“注重自身修养”和“侧重实际创造能力”，“自我封闭”和“开放自我”等不同的社会人生趋向，盖与此联系甚紧。我们当代人所需的，是避短及长，以求获得人的素质的不断进步和完善。

原载于《华东师范大学学报》1988年9月17日

一鳞一爪见神龙

时下的文艺创作中，有“淡化”一说，着意于追求“空灵”“淡远”之境。实则此追求全在中国文论的一个“虚”字之中。从创作实践看，“淡”“空”“虚”并非“无中生有”，而是从“实”而来的。其道理，在我国古代有着相当精妙的论述。例如，清人赵执信的《谈龙录》有言：“神龙者，屈伸变化，固无定体，恍惚望见者，第指一鳞一爪，而龙之首尾完好，故宛然在也。”这说的就是以实见虚，虚中含实，由实人虚的文艺创作的一个道理。

要达到空灵、淡远的境地，对“实”的精心逼肖的描绘是一个重要环节。它要求创作者在最能启发欣赏者的想象力的角度上，运斤成风，刻画人物、事件和景致，在精巧的构思和意蕴的开掘之间不断锻炼，以期写实的“一鳞一爪”在想象的世界里成为腾飞的“神龙”。古人在“深山藏古寺”中对挑水和尚的逼真描绘、齐白石在“蛙声十里出山泉”里对小小蝌蚪的精雕细琢，就正是从“实”而至“空灵”虚境的好例子。

另一方面，对“虚”处也应小心重视。“虚”是“实”的暗示、象征，即丰富的潜台词纵横驰骋的辽阔天地。清人华琳就是极为重视“虚”的作用的，他在《南宗抉秘》中说：“（绘画时）于通幅之留空白处，尤当审慎。有势当宽阔者窄狭之，则气促而拘；有势当窄狭者宽阔之，则气懈而散。”如果恰到好处，宽窄和谐，“则通体之空白，亦即通体之龙脉矣”。空白即“虚”，笔不到而意到之处，它是“龙脉”，能生出虚之灵气；有灵气，整个艺术形象方可活脱于欣赏者之前。

创造空灵、淡远之境的道理相通于“一鳞一爪”见“神龙”的道理，其关键在于提炼生活的准确和摹写的“惜墨如金”，其表现是用尽可能简省的笔墨反映尽可能丰富的生活和情感的内容，并导向朦胧、空灵、旷远的艺术效果的出现；其过程则是，由实入虚，以虚带实而达到虚实相生的境界。

原载于《遵义报》1987年7月11日

“美女痣”与残缺美

端端庄庄，白白净净的脸上长着一颗黑痣，只要对了地方，便被认为是极美的。西人有“Spot beauty”之说，即指“美人痣”，用到美学理论上，叫做“残缺美”。

似乎真正的美女总免不了要有一颗“痣”（不完全美）才能让人满意。中国古代的四大美女即各有一“痣”：貂蝉耳垂小了点，耳环是随身物；西施内体差了点，捂胸皱眉无奈何；昭君肩膀溜了点，大氅正好掩饰；贵妃体味有点问题，三天两头浴华清。美女的这些“痣”，为人津津乐道，更添一层亲切的感觉，更增一分迷人的魅力。民间有句俗话说“挑不出毛病的美女不是真美女”，其道理正是美女要有“痣”。

最典型的例子恐怕要数米洛斯的维纳斯。这是一尊断臂的美女雕像，大家愣是喜欢，许多大师都想把断臂接上，然而结果都不如人意。然而试想现实生活中有一女断臂，会怎么样呢？我们不能不说艺术与现实是有区别的。艺术是生活美的集中表现，对欣赏而言，要“虚”一些，“云遮雾罩”，给人以想象的空间，让想象的翅膀自由翱翔以获得最大可能的美感。这大约是断臂美女雕像之所以让人喜欢的奥秘所在吧。依据这一道理，中国古代四大美女各有一“痣”，不正是欣赏者把她们艺术化的一种方式吗？

同样的道理，任何艺术品，只要它在整体上能给人以美感，它就应该是成功的。它的某些空白，正可以让读者、观众去发挥想象，去自由补充，使它在每个人的心中更趋完美。

原载于《贵阳晚报》1994年2月17日

体验、观照生活与文艺创作

当前，有两种创作倾向值得注意：一是特别强调体验生活而侧重于内容讲述，二是强调观照生活而把注意力放到艺术形式方面 。前者容易因内容零散和形式“老掉牙”而失去魅力；后者则容易流于内容的空洞，甚至常有故弄玄虚之嫌。学习毛泽东《在延安文艺座谈会上的讲话》，可以使我们找到解决这一问题的钥匙。

《在延安文艺座谈会上的讲话》明确指出：“生活是文艺创作的唯一源泉。”[1]并提出了作家要深入生活和对生活进行提炼选择的观点。只有这样，作家才可能创作出“比普通的实际生活更高、更强烈、更有集中性、更典型、更理想，因而更带普遍性的作

[1]《毛泽东选集》（第三卷），人民出版社1991年版。

品。这里，涉及了体验、观照生活与文艺创作之间关系的问题。通过对这一问题及体验与观照生活两个层面之间相互关系的探讨，使我们有可能找到创作出内容与表达俱佳的作品的途径。

深入生活，强调对生活的体验，是文艺创作的基础和前提。没有这个前提，创作无疑会变成无病呻吟，所谓“少年不识愁滋味，爱上层楼，为赋新词强说愁”是也。要深入地体验生活，要求作者必须有热情、有胆识、有强烈的对现实社会生活的责任感和参与意识。鲁迅所言“能杀才能生，能憎才能爱，能生与爱才能文”极是，越是能深入，能有热情和胆识，与生活贴紧，作者对生活的真谛便越有深切体味，那“一枝一叶总关情”里的“情”也才会根深源长，有厚实感。由此，我们也才能较好地体会“从喷泉里喷出来的是水，从血管里流出来的是血”这样的思想。这种体验生活的观念，与“斯坦尼斯拉夫斯基体系”所倡言的“体验”是相通的。在表演创作中，须深入体验要演的人物，甚至要“变”成那个人物，才能逼真地、细腻地塑造和刻画好那个人物。

提炼生活，则强调了作者对自己已拥有的生活体验的观照、体察和反思，是文艺创作的另一个重要环节和层面。这里，要求作者必须有冷静的、理性的头脑和深厚的文化学识修养。在冷静的、对于生活体验的观照中，才可能“入”之于激情而又“出”之于激情，创作出好作品。鲁迅以为激情正盛的时候不要写诗，所强调的就是这个层面。美国小说家菲兹杰拉德有着痛苦的生活经历，但他创作时，却并非胶着于体验，而是对自己的生活体验进行冷静观照，从而创作出了极有影响力和艺术性的作品。一些评论家论及于此，言菲氏在讲述自己的生活遭遇时，就像谈论别人的经历一样。从这里，我们看到了提炼生活、对自己的生活经历做出冷静的观照反思对于创作好作品的作用。进行提炼选择，观照反思，与“布莱希特体系”的“间离”说，即演出时演员始终知道自己演的什么、要塑造什么样的人物、演人物而又观照人物摘出是相通的。

以上两方面，前者使创作落到实处，有血有肉，使人们容易在“情”上相连。但是，它却极易导致作品的零散化，即不集中、不典型，而且，往往会对于创作的艺术表达产生阻碍作用，使作品因艺术形式的不足而影响其生命力。后者则使创作具备穿透力，即理性的烛照力量，使作品有可能包容从个人的到社会历史文化的内涵，产生更强的艺术魅力。特别是在艺术表达和表达的创新方面，更有其独到的作用。当然，如果没有生活体验的前提，后者的着意追求便只可能是无源之水，它的产生便意味着它的消亡。古典名著《红楼梦》有一句话是“满纸荒唐言，一把辛酸泪”。这里的“辛酸泪”，正是作者的生活体验，而“荒唐言”，则是作者观照生活体验，进而提炼选择生活、着意追求的一种独特的艺术表达。无“辛酸泪”则不可能有“荒唐言”；另一方面，对《红楼梦》作者来说，只有这“荒唐言”的方式才能更艺术地把握和表达他拥有的“辛酸泪”，由“入”而“出”，以“出”带“入”，生出了不朽之作。

总之，对生活的体验和冷静的理性观照，二者相辅相成，缺一不可。这一道理，对我们当前的文艺创作来说，有多方面的启示。对于纠正强调体验而只重内容讲述，抑或强调观照而只重形式之新的两种各走极端的创作倾向，则是很有指导性意义的。

原载于《贵州日报》1992年4月19日

愉快与真实

真正的文学艺术给人的愉快是与虚假和粉饰无缘的。虚假是一个对人极有诱惑力而又十分有害的东西。常言道："一个谎言要用一千个谎言来掩饰。"进入虚假谎言中，人便难以真实，且左挡右遮，疲于奔命。美国女作家林德柏格诚恳地说道："生活中最使人筋疲力尽的事是虚假。"

如果说虚假是想编造一点什么的话，粉饰则是想掩盖一点什么。清朝灭亡前有一首国歌，歌里一派升平，一派牢不可破。但清朝不久便寿终正寝，其国歌之粉饰，为后人留下了一个笑柄。美国记者、诗人兼幽默家普伦蒂斯深刻而不乏幽默地说："大部分的粉刷是用墨水进行的。"越是粉饰，便会越容易暴露出事情的本来面目。

推崇真实，鲁迅先生是竭尽全力者。他欣赏《红楼梦》，认为其间最重要的因素就是这部古典名著“敢于如实描写”，能够毫不粉饰地塑造“真的人物”，绝不作假。他对假的那一套深恶痛绝，说，“撒一点小谎，可以解无聊，也可以消闷心；到后来，忘却了真，相信了谎，也就心安理得，天趣盎然起来”（《病后杂谈》）。他一针见血地指出，虚假粉饰的目的在于“用瞒和骗，造出奇妙的逃路来”（《论睁了眼》）。

所以，文学艺术给人的愉快应是真实的愉快。其实，我们没有理由不追求真实，因为，人作为个体的人来到世上，已经具有了非比寻常的质。对个体的人具有意义的，是现实的“这一刻”，我们没有理由不珍惜，没有理由不自豪。这人的存在的真实，当是我们在生活中不断前进的一个根由，也是我们无论生活如何而精神保持乐观、愉快、轻松的一个源泉。这种真实表现在社会时代上呈现为各种形态；这形态如能与真实相符，给人的激励难以一言道尽。

一句话，真实的愉快也就是人的昂扬向上的奋斗精神！

原载于《贵州工人报》1992年3月21日

原始思维与改革

人类文明的发展，并不完全标志着每个人的思维素质的发展。生活在今天现代文明社会的人中，有不少人的心态就是原始的。某些“伏”在人们“潜意识”里的东西，千百年时光流逝，仍“依旧故我”，原始思维即其中之一。一般说来，原始思维有三个特征；其一，建立在相似性上的同一；其二，词与意的更换关系；其三，概念的具体化和知觉化。它在人们的创造性活动中具有巨大的有益能量，同时，也支撑着不少旧观念、旧思想，包含着“无意的”对创造力的阻滞作用。我要谈的是后者。

记得前年春节返黔北，在一位朋友家喝酒，朋友家家长（六十多岁的老爷子）手里的酒杯碎裂了，骤然间热烈的气氛一落千丈。朋友忧心忡忡地告诉我，“老头儿”看来不行了（有大灾甚或死去）。朋友怎会生如此之念？乃“原始思维”在作怪，酒杯用来“吃喝”，人也要“吃喝”，于是人便“相似中的同一”并“更换替代”为“具体物”酒杯；杯碎了，人也就该“霉”了。我解释了一通，朋友懂了，可心里总不自在，总有几分恐惧（这正是“潜意识”作祟）。在遵义老城一带，我常见一些人家户门楣上挂着“三大件”：镜子、剪刀和红布条。问主人，说这是“避邪”。其实，这种“作法”是一种封建迷信的东西，其思维根据也正是“原始思维”：把一些“无形的”力量“具体化”“知觉化”——镜子是“洞察力”，剪刀是“驱除力”，红布条则是“正气旺盛”等，总体上表现了主人的非科学思维。从以上两侧，窥豹一斑，声言在日常生活中处处存有（阻滞创造力）“原始思维”，意在让人多少明白这一类思维的封建迷信色彩和对于人的开创精神的束缚。因为，在这类“思维”里熏染，只会孕育出胆小、拘谨、疑神疑鬼、收束自我等非生产型性格的人来。并且，这类“思维”深藏于“潜意识”中，其问题非常严重而不为人“自晓”。

由此想到改革。一般形态的改革本已够难，而人的内在素质的提高的“改革”任务就更为困难了。这是一条漫长的道路，其中包含了最终的目的。眼下重要的，是在意识到社会改革的重要性的同时，也意识到改革“人自身”（人的深层心理结构）的艰巨性，并由此正视现实，用科学的头脑思维，积极投入改革的实际行动中去。

原载于《遵义报》1989年2月21日

创作需要愉快

“愤怒出诗人”，此说合于生存奋斗之道理。“艰难困苦，玉汝于成”，算得名言。不过，人们皆知，仅愤怒是出不了诗人的。愤怒如果不做些转换，很可能就仅仅是一介武夫之愤怒。硬要把武夫之怒扯为诗（文艺），顶多哄人一时。

要成为诗人，搞文艺创作，得遵从文艺的规律。不仅愤怒，且要有非愤怒的理性，不能完全胶着于激情不能自拔。鲁迅先生是成功者的榜样，他创作的一个主导思想是“哀其不幸，怒其不争”，前者是情感的全面投入，后者则是使其创作具有理性观照的根据。故其“怒”属理性批判之怒，而非激情之怒。也就是说，鲁迅进行创作时，怒已产生了某种转换。

这一点很重要。柯灵先生创作成熟的主要标志之一是“把灾祸化作学问”。灾祸乃引人愤怒之根，化而为学问，也就是有了理性的关照，其中产生出的引人注目的一个因素大约非创作的愉快莫属。由斯似可以说，愤怒出诗人是诗人把握了愤怒而不是被愤怒所掌握，把握愤怒，事实上是把握了激情，进而也就是把握了“自己”，其间也就生出了感觉到真正“自由”的愉快。诗人也就由此上前了一个层次。美国历史学家莫里森说得好：“只有通过掌握自己，人才能得到自己。”

徐中玉先生说：“人在愉快的环境里能够更大更好地发挥自己的创造才干。”我理解，这“愉快的环境”一方面指整个社会时代的大环境，另一方面则应指人们的心境。对文艺创作者来说，后者似更重要些。应注意的是，对“愉快”二字，不能简单地理解为“吃一点”“喝一点”或“做事方便一点”的快感，而应将其理解为精神的欣喜，也即掌握了“自己”的“自由”。文艺创作最忌在自己的精神上锁一副镣铐，“即使是金子的镣铐，也没有人喜欢”（美国小说家海伍德语）。喻文艺创作“戴着脚镣跳舞”，指形式之创造，当属别论。

当然，愉快——自由不能脱离了人类向善的心理前提。这个前提表现在社会时代里则为一种秩序。“良好的秩序是一切的基础”（英国政治家、散文家柏克语），所谓“不依规矩，不成方圆”是也。漫无边际的愉快——自由是没有的；不符合人类向善心理的愉快——自由必须遭到批判和遗弃。

原载于《贵州日报》1992年4月5日

老经验与知识更新

卓别林乃影坛一代天骄，他深谙哑剧艺术，编导、表演哑剧时游刃有余，是此道的斫轮老手、“老经验”。不料，“老经验”害了他。1926年“有对话影片”发轫，正当观众雀跃之时，赫赫有名的卓别林却有微词：“对白片？你们可以说我是讨厌它的，它会毁坏世界上最古老的艺术，即哑剧艺术，它消除了无声的巨大美感。”固然，卓别林的哑剧功绩永存史册，然“最古老的艺术”毕竟阻挡不住“新的艺术”异军突起。

卓别林在哑剧艺术上成为“老经验”，是与他潜心习艺、磨砺苦寒分不开的。富有经验是好事，但需要更新、充实、提高，不断用新的经验取代老的过时经验，如果每事用“老经验”去套而不是以发展的目光去估价和判断，就是卓别林也不免贻笑大方。

打破旧的过时的经验的囹圄，最好的武器是新的知识，用新的信息去轰击旧的经验，鼎新革故，形成新的符合现实要求、顺应历史潮流的新鲜经验。当前，改革洪流迅猛发展，城市经济体制改革迫在眉睫，卓别林的教训对我们一些囿于“老经验”的同志，是有启发意义的。

原载于《贵阳晚报》1984年11月18日

喜剧名角与悲剧明星

新中国成立以来影视中的主人公从“英雄人物”走红开始，到“奶油小生”吃香，引出了如批判假大空和寻找男子汉等话题，确实热闹过一阵。目前情形，则是喜剧名角和悲剧明星备受青睐。

喜剧名角更多地被国人称为“丑星”，以葛优、陈佩斯为代表。其表演尽心尽力，甚为认真。但在他们身上仍可看见早年著名影星的影子，只觉今人更过火和轻浮一些，内在含蓄上少点分量。这当然不能苛求，今天，能有不少欢喜者，让片子有不俗的上座率和收视率，已非易事了。

悲剧明星可能首推潘虹、宋晓英、张凯丽和宋佳等人，其表演或重气质或重形象或借鉴“老外”或师承传统，各有所长。她们演得很悲，并使观众也悲起来且有不少“投入”者。有意思的现象是，喜剧名角几乎都是男性，而悲剧明星则以女子居多。是否，现实中男人可以随意放开“轻贱”一番而自娱自乐？女子的地位尽管看上去不错，然并不实在，故内在的悲切情绪，就易于发之为戏乎？或许，女子演悲与传统文化心理意识如“三纲五常”“三从四德”的积淀有关。其自怜加上男人同情，悲剧角色岂不顺理成章而出？

喜乎？悲乎？尽管我们可以说演戏折射着现实人生，但生活并非演戏。还是让大家来说吧！

原载于《贵阳晚报》1993年8月30日

闲话“丑星”效应

“丑星”为众人所喜，竟红透影视界，绝非偶然。从表演艺术看，恐怕与“假大空英雄人物”和“娘娘腔奶油小生”令人烦腻有关；也与“寻找男子汉”难以内外俱佳有关。其中包含了“尝口新鲜口味”的审美心理意向和舍其外求其内的精神追求。从社会思潮看，在商品大潮狂袭和价值标准困惑的时代，鱼和熊掌难以得兼，于是芸芸众生宁愿外表丑点儿而要内心好点儿。这也许就是“丑星”效应之由吧?

作为高等动物的人，除了吃喝拉撒睡等物质和生理需求外，更重要的是精神需求。有位歌星深情地唱道：“我很丑，但我很温柔。”丑而温柔，后者是一种精神内涵，一个人的总体形象和得到的评价，往往取于这内涵。如果一个人有积极健康的内在修养和崇高的精神境界，即使外貌平平甚至有点儿丑，也定会被人们所接受。《巴黎圣母院》中的卡西莫多和《七品芝麻官》的主人公深受人们喜爱就是明证。那句“当官不为民作主，不如回家卖红薯”的名言，实际上是追求公正、人心向善的精神表白，使得尽管芝麻官鼻子上有块豆腐似的东西，大家仍然喜欢他。在大张旗鼓反腐倡廉的今天，不更是如此吗？

原载于《贵阳晚报》1993年10月5日

虚的逼真　实的荒诞

艺术表演常以虚者实之、实者虚之的手法塑造艺术形象，表现创作者的思想和感情。

据说在清代乾隆年间，清宫内廷表演《长生殿·小宴惊变》一场，李隆基和杨玉环一同上场唱“天淡云闲，列长空数行新雁…… ”时，因座上看戏的是弘历（乾隆）， 演员们面对皇帝不敢抬头，刚唱完一句“天淡云闲”， 便被弘历叫之“下去”， 再换两个演员，也只唱了一句，仍被叫了下去。第三次的两个演员悟出了其中缘故，上场后不管皇帝不皇帝，斗胆抬头唱“天淡云闲”， 再用手指接着唱“列长空数行新雁”， 弘历这才不作声了。这里就有个以虚传实的问题。虚拟是中国戏曲之传统，然而，如“虚”不能传写客观实事之“真”， 则不能感染观者。演员只低头吟唱，当然不能虚拟出“天淡云闲”的在天之景，故弘历连叫“下去”。

著名荒诞派戏剧大师尤奈斯库最重要的代表作是《犀牛》。剧中有一场写了主人公贝兰吉的朋友让变犀牛的经过——让卧病在床，头疼，声音嘶哑。接着，他头上起泡，皮肤变绿，声音变粗，最后竟变成一头犀牛，从倒塌的后墙口跑了。此乃假戏真做，化虚为实，将观众带入了特定的戏剧情景中。

虚实之法，附内涵而生，其必有生活、社会、心境、情感之潜在依据才能达到从客观之真到艺术之真而虚实相融，使欣赏者信服。如上举两例，前者的底蕴是剧中人之绵绵不尽之情意；后者的底蕴则是要传达资本主义社会危机中人的异化的。

原载于《贵阳晚报》1986年1月27日

泪的美感

谁没有泪？即使“男儿有泪不轻弹”也到底有泪。凡有泪，必有情，《红楼梦》语：“满纸荒唐言，一把辛酸泪。”其情何深！泪表达着各种的情感，在诗人笔下，构成了一个奇丽的世界。

面对浩如烟海的文学作品对泪之描述，随手捋几“滴”已足以让人惊异。《西厢记》有句：“晓来谁染霜林醉，点点是离人泪。”泪浸霜林，既有血红的浓度，又有陶醉的深度，且宽广悠远，生于天宇大地，投射了离人之情的永恒和真诚，热烈得令人心悸。李贺诗曰：“空将汉月出宫门，忆君清泪如铅水。”铜人落泪如铅，想象奇诡怪异，兴亡盛衰之慨凝重而出，沉痛得让人喘不过气。李商隐称言：“沧海月明珠有泪，蓝田日暖玉生烟。”“鲛人泣珠”，蚌珠如泪，自有一派苍凉茫阔的“景致”。白居易的

“玉容寂寞泪阑干，梨花一枝春带雨”，化“丑”为“美”，将一个泪人儿说成一枝春天里饰着雨滴的梨花，春之生机佳妙，娇滴滴人花映衬，含藉了无比的纤秀怜爱。现代人尝言“她的身影渐渐小去，化作他眼角的一颗泪珠”，也道出了千种温柔，万般惆怅。由上可见，泪多半与缠绵悱恻有关。但在毛泽东的词里则飞跃腾挪，言“忽报人间曾伏虎，泪飞顿作倾盆雨”，实在是雄风扑面，气度不凡。倾盆雨之泪，荡去哀苦愁怨和丑陋邪恶。

中国诗人写泪，表现着中华民族的审美态度，而西方也有不少相似之思。德国诗人海涅云：“从我的泪珠里，长出娇花朵朵。”泪向花伸展，既有泪之情，又有花之视觉。塔尔穆得有精彩的诗句：“不要让女人去哭泣，上帝在数她的眼泪。”道德训教（谁做恶事，谁得负责）寓于具象中，上帝数泪，好像它们是珍珠，增强了表达的力度和美感。法国诗人缪塞总结道：“把一滴泪变成珍珠一粒，这就是人世间诗人的痴情。”

国人常言：“猫哭耗子。”西方常语：“鳄鱼的眼泪。”异曲同工，启人思智，其反讽精妙至极。

原载于《遵义报》1988年1月13日

听先生谈三毛

我的导师中国作家协会上海分会主席徐中玉先生，与最近来大陆的台湾著名作家三毛举行座谈。事后，在先生存放着几大箱亲手摘录的资料卡片的书房兼会客厅里，先生谈起了三毛。

对于作文与做人，先生始终认为做人是第一要义，因此，对一个作家的考察，做人的人生态度自然是至为重要的。先生很欣赏三毛的人生态度，说："三毛是一位很真诚、率直、完全将心灵敞开的人。每到动情处，她一边流泪，一边说明，一点也不掩饰。她始终坚信人世间有美好的东西，写作也就是要写出人的美，给人以希望和乐观向上的精神动力。"先生吸了一口烟，接着说："三毛在台湾的名声高于琼瑶，她的人生体验是深沉的，没有小家子气。”先生的介绍，使我想到了先生的一件事。一位华东师大中文系的学生，时隔三十年后给先生写了一封信，信中说：“‘文革’中有人批斗您，要把您的头按低下来，可您始终高昂着头颅。您那高高昂起的头颅，一直激励着我在人生的道路上奋斗！”这位写信的同志曾在贵州省毕节地区工作过，现在某省一所中学教书。

父女情，这是人世间最纯真的情感之一，儿孙满堂的先生，这方面自然体会良深。他说：“三毛回故乡，说要带给她父亲一件意想不到的礼物。她让她父亲猜，她会带什么礼物回去，她父亲猜了不少东西，都没有猜着。”三毛的礼物，是准备返回故乡时，带一本她家族的“家谱”回台湾。她说“能复印就复印，不能就抄一份。“她还希望，她到故乡时她的姓氏的祠堂能开放，以便参拜。三毛的故土情谊溢于言表。

服饰，是反映人的精神面貌的因素之一。先生坐在我的对面，西装革履，系着领带花白的头发非常整洁，体现着充沛的精力和严谨亲切的风度。三毛来大陆，想要穿一件中山装，先生说：“我问她，你是不是以为我们这里仍是‘灰蓝世界’。她说，‘不，外面的信息很灵，我知道这里的变化。我穿中山装是为了便于接触普通人’。她现在穿的中山装是张乐平送的。”张乐平以创作漫画人物“三毛”形象而驰名，三毛在上海，就住在她“爸爸”张乐平家。

已74岁的徐中玉先生，在数小时的谈论中记忆准确，思路清晰，表达敏锐，毫无倦意。三毛和对先生，都给我留下了极其深刻的印象，是以记之。

原载于《贵阳晚报》1989年6月22日

三毛魂兮何所归

当著名作家三毛元月四日用丝袜将四十七岁的自己吊在中国台湾荣民总医院的挂钩上的时候，便给自己富于传奇性的一生画了一个富有传奇色彩的句号。并留给人们一个“！”和一个“？”，使这一行动成为眼下文艺界特别是汉语言文艺界令人震惊的最重大的事件之一。

1989年，我曾在《贵阳晚报》发过一篇被港台称为“文坛佳话”的三毛在上海与著名漫画家张乐平交往并认张老为父的一些情况。当时的三毛，给人的极深的印象是她率直的性情（想哭就哭，想笑就笑）、温存的孝顺（在大陆弄一份他们陈家的家谱作为礼物送给她的父亲，不知此愿了否）和平朴的风范（穿着张乐平送给她的中山装‘潜游’于市井瓦肆）。其形影似还在眼前，无论如何也不敢相信她已做了他乡之客！去年下半年，三毛到她的出生地游览怀旧，我在电视上见到她仍是那样坦诚真挚地面对大家平易交谈，曾萌生前去一见之念。可又想总有见到其人的时候，如像三毛的性格一样，还是任其自然为好。谁曾想永远失去了机会。

三毛小时，家里取名“陈懋平”，因她总也写不清“懋”于是自名“陈平”。三毛是她的笔名，并不是说只有“三根毛”，而是她开始写作时身上只有“三毛钱”（港台人士倾向于此说）；或是，她深喜张乐平的漫画人物“三毛”而名之。三毛原籍浙江省定海县，生于重庆，一生游历过五十九个国家，共出版十九本书，有八百万新台币财产，每月三万多新台币生活费，其作品被译成十多国文字，经历不比一般。我国的“三毛热”为众所周知，特别是大学生圈子里，对三毛更是崇敬得很，都把她视为一个了不起的人物。谁能想到，她会这样。惊愕之余是百思不得其解，尽管有多种多样的言说，比如疾病原因说（三毛本人以为自己患上了癌症，故有厌世之念）、荣誉原因说（三毛感到《滚滚红尘》在金马奖角逐最佳编剧奖中败落，充满了失落感和挫败感）、性格原因说（外表潇洒，内里却很执着，容易受伤害）和情感原因说（最大因素是来自心海深处的空虚寂寞……没有子女，没有寄托），等等，但仍不能释我心头之疑。

有一点倒是令我重视的，这就是三毛在回顾她的十九本作品时，把自己的发展分为五个阶段：一是十六岁至二十一岁的苍白少女阶段，从《雨季不再来》开始。二是十年以后的“新娘阶段”，一个好快乐的女人。三是“失去丈夫的妇人”的阶段，那时她在教书，境界变了，情操也开始出来。四是“根本不写稿阶段”，只写剧本（也就是她在死前的一段日子）。五是一字不写的“无字天书”阶段，是三毛为自己设立的目标。在她死前，平日里过着半隐居的生活，只有看书、旅行、听音乐、扫地和发呆，后来，直到杜绝社交。三毛未到达自己的目标，作为一个“社会的人”，想要完全隔绝于社会，确实是不可能的；换句话也许可以这样说，完全孤寂于社会之外，实际上就是扼杀了自己的一切，这样难道不发人深思吗?

大家熟悉的歌曲《橄榄树》是三毛作的词，第一句就说道："不要问我从哪里来……"面对三毛的灵魂，我们能否这样说呢？——"不要问我到哪里去……"

原载于《贵州工人报》1991年1月30日

这一方水土，这一方人！

地道的乡土乡情，牵动心底的柔软。就着春光，读肖勤中篇小说《隐秘的船》（载《人民文学》2022年第七期），思绪飞扬沉浸于“月亮台”空间。“月亮台”是托起《隐秘的船》的典型环境，展示了土城、东皇、习水、赤水、泸州、合江……这一带赤水河地域的乡土风貌风情，集中演绎着这里的历史时代故事。之所以亲切抓心，是因为我在这一带生活了近二十年，二十世纪七十年代当知青的所在地“天鹅池”，就在月亮台东面山峰顶上的山坳里。

《隐秘的船》里飘出的重要句子，“桑木的鸡，二郎的酒，月亮台的姑娘家家有”，自然是耳熟能详，当地流行的是“土城的姑娘家家有”，童年听说这句话是“好耍”，年轻时是带着调侃在随意转述，及至岁月沉淀、风霜雨雪经年，却陷入深思，“为什么？”月亮台、土城的女孩子生长于、熏陶于“码头文化”，黄昏时分或蹲或坐或站，端着饭碗临街而食，看着或疾或徐的路人穿街而行，有豪商富贾，也有贩夫走卒，这里有什么样的人生滋味，对这些“姑娘”肯定有特定的影响。

在这种地方成长起来的姑娘，多半泼辣精干，大方爽朗，当地人扯“大二”（斗字牌）游戏娱乐，数底牌才有了“泸州合江，大头姑娘，喊来打牌，好耍”的流行语，十三张并翻一张底，妥妥的“十四”，换个地方是不可思议的。佩服作家的笔力，描写风俗风物风情和人情事故作派，细腻舒展而入木三分，对这一方水土、这一方人的“姑娘家家有”的文化内涵刻画，真切生动中赋予了丰富的审美意味。

一个普遍的道理是，凡读者称之为“好”的文学作品，总有引人关注的独特之处，是被众人认可的“这一个”的文学存在，由作家心血凝结而成的文学成果。《隐秘的船》描写了“母女两代的世界观在不同时期呈现出来的状态，带着浓厚的乡土情怀（2022

年度人民文学奖颁奖词）”，“月亮台”的“这一个”，抓住读者的大约是“狐死首丘”的“故乡情节”。“无论我们走多远，第一步一定是从故乡出发的。那是我们情感的脐带，始终紧紧地拴住我们。”赵雪峰在《陌上花开》序里所说的话，是有实践和理论体悟的，也是我读《隐秘的船》深深的感触。

描写的是乡土，抒发的是情怀，作者以劲健笔力、丰沛文气“深情谱写秘而不宣的爱与善良”（《小说选刊》读者最喜爱的中短篇小说家颁奖词），依此生发，描绘生存·生命·生活的艺术图景，叩问思考我们的人生意义、人生价值，含蕴着对“当下”大时代的大情怀，让人深深感受创作的“苦心孤诣”。

《隐秘的船》历史性的厚重和乡土味的浓郁，拓展着阅读阐释的空间。在现实主义基调的写实刻画中，月亮台几十年的历史风云通过两代月亮台女人形象得以艺术地呈现，史实的扎实和史识的见解使作品可以行稳远，这个“月亮台”，就在“恁长恁宽”的大河边，这里的女人“从小看惯了大河上的男人，黑红油亮的胸膛，坚硬有力的臂膀，黄昏时分，男人们全身的肌肉在夕阳下闪着油亮的红光——那才是汉子”，接地气、通地脉，地域气息扑面而来，方言的娴熟运用更增添其浓厚的乡土韵味，任由文学艺术想象的翅膀腾空飞翔。

一部小说成功与否，其中一个关键是人物塑造。《隐秘的船》里，可以说每个人物都给读者留下了鲜明的印象，言语动作，性格特征，顺畅巴适。作者巧妙地把人物设计成几对关系，让“他们”“活”在小说里，相互对应，相互映衬，相得益彰。其中的七姑娘和哈萝“母与女”，相爱相杀爱得深沉；七姑娘和小何（老何、何长生）“母与婿”，经历思想的碰撞；哈萝和运来“母与子”，代际之间“诛心之言”；何长生和玉山喜“官与商”，官之清与不清之辩；哈萝和老包的同事之间，何长生和调酒师的“外人”交往，哈萝和何长生的妻与夫……众生相鲜活了历史时代中的烟火人间，原来，他们是“这样的”。

小说人物展映和含蕴的情怀关切和悲悯大爱，足以让人进入希望之光的艺术世界。姆妈七姑娘为生活（子女）的留守，在坚韧、隐忍中艰难奋斗，女儿哈萝为事业（丈夫）远航，勇往直前，义无反顾，执着追求，活画了这一方水土“姑娘家家有”的图像和事实注脚，“淌走的河水不倒流，离开的姑娘不回头”，体现出这里的“姑娘抢酒喝”的倔犟甚至执念。这种特有的环境使“姑娘”在日常生活中往往表现出“凶巴巴”（刀子嘴，豆腐心）的性格。完全可以设想，这里的女性如果不“凶叉叉”，她哪能当上“船老大”？哪能得来生活的滋润？哪能取得事业上的成功？历史来看，在这一方水土上的姑娘，多半是在“凶叉叉”中成就事业，实现人生价值的。

人民文学授奖词说，“船”的意象却有象征主义的意蕴，这是恰如其分的。“隐秘的船”和人生，是一种隐喻的运用和描写，在于有可能深化和拓展对人生价值和意义的思考和探索。一个人的船、一群人的船、一类人的船、一个时代人的船……怎么行驶、驶向何方、船行的意义价值，等等……我们看到作者时代的大情怀和乐观向善的意念和追求，“船”的意象象征意蕴着奋斗探索精神，人生脚步永不停歇，母女两代人，守望或离开，留守或远航，只要梦想启航，便百折不摧，正应对天行健，君子以自强不息。

“隐秘的船”意蕴深厚，颇值玩味，体会一番庄子寓言式表述和对“船”的隐喻运用，将人生人世人间载之于“船”，不知不觉变化迁移的“壑舟”，推舟于陆、方舟济河的告诫，特别是听从于内心的选择而体验生命的真实和喜悦的“不系之舟”妙论，再读一读西游记摆渡的“无底船”，再来审美审视于“当下”，应是一种有益的尝试，处于“烟火”而逸出“烟火”的对“自身”的观照，辨析人之为人的立身和生活的充实，我们是否可能获得些许的“空灵”呢？

原载于《云鼎书院》2024年4月1日

喜看“文学转转会”

“看似一幅画，听像一首歌。”甲辰龙年临二月时分，春光正好，应邀到绥阳参加“黔北作家文学转转会”，脑海里留下惬意的感受，美好、亲切而浓郁。我想，这也应是主办单位遵义市文联、绥阳县委宣传部传递的一份美意，与文学结伴的同道好友相聚“中国诗乡”（贺敬之先生题字），共同增进文学创作交流，推进文化自信自强，喜事好事雅事盛事啊。

“转转会”这种形式，在黔北有悠久的传统和深厚的群众基础，其底子是“转转饭”“走亲戚”，主要的内容，总是有好吃的、好玩的、让人开心的事在等着，来的都是熟人、朋友，欢聚一堂，气氛是随意放松而又井然有序的。

我小时候生活在黔北，记忆中的“转转会”是

“轮流坐庄”，亲朋好友都算着时间，该谁谁“作东”了，只等一声“号令”，便兴高采烈前往。吃在嘴里，暖在心头，畅叙情谊，增进了解，磨合认知，实在其乐无穷。

这次“转转会”上，李发模老师说：“山不转水转，水不转人转，人不转情转。”大家无论远近，齐来“转转会”，交融情感，交流思想，追求文学的理想，不亦乐乎。

在“文学转转会”，我们感受到感情的温度和相见的亲度。老朋新友见面招呼，即是“你来了”的喜悦。绥阳旺草大坝油菜花成海，来自省市县的作家诗人、文学同好，无级别地域之分，一起手拉手大声欢唱《在希望的田野上》。置身金黄灿烂、芬香氤氲、蜜蜂飞舞、虫鸟和鸣之中，放眼望“满园菜花开向夏，一双蝴蝶飞上天”，色、香、趣盎然热闹，直逼飘浮的云彩。太阳蓦地露出半边脸，笑看骚人墨客。

从绥阳四衙寨走出来的李发模老师，心里有一束光，是名副其实的“暖心发模”，我们读到周光敏写的《我们的节日纪实》，说她们绥阳女子诗人部落“在三八国际妇女节绥阳诗会上表演时，他一直笑眯眯地看着我们，目光里全是欣赏和鼓励。”这位“他”，就是李发模老师。

在“文学转转会”，我们感受到文学的浓度和文化的厚度。“李发模新书发布会”是这次“转转会”的一个重要内容，执行主编杨秀波、责任编辑周湖越到了现场，与文友们一起见证新书《李发模评传》的发布，并聆听作者的肺腑之言。该书40余万字，分李发模其人、李发模其诗、短评李发模、李发模年谱四辑，总共收录了约160位省内外名家的研究及评论。通过发布会，在场的作家诗人们感触颇深：“诗，必然立足于人间烟火，为人的生活指出一条光明之路，它涉及尊严、自由和爱，无论生存到何种境地，人必须有挑战自身和置身其中的勇气。诗，是对生存背后的真实人生的追问。”（李发模语）让他们更全面更深入地了解、体会和领悟到李发模老师的人品和文品。当晚，鲁迅文学奖获得者、当代著名诗人李元胜老师以《当代诗歌的阅读与理解》为题作诗歌创作专题讲座，分析他的“短诗”实例，并结合亲身创作体会和经验，就技巧、体裁、立意等方面进行了讲解，听众受益匪浅。

在“文学转转会”，我们感受到思想的高度和号召的强度。这次活动主旨明确，就是“以习近平文化思想为引领，聚焦举旗帜、聚民心、育新人、兴文化，用‘文学转转会’为广大作家和文学工作者搭建一个互动交流的平台，营造浓郁的文学氛围，进一步激发大家的创作激情，凝聚起文化力量。”（谢国蕾语）“这是文学创作者亲近土地、亲近百姓、亲近企业、亲近一方山水的好机会。”（李发模语）有组织而又可以充分发挥自在性的文学活动，乃作家之福，脚踏实地，仰望星空，逆风不退，追梦前行，而逐梦的人终将熠熠生辉。

在“文学转转会”，我们感受到活动影响的广度和组织的力度。定位“群众性文学活动”是很恰当的，通过创新“文学+”的展陈方式，轮流开展采风创作、交流座谈、朗诵汇演、名家讲座和改稿会等活动，让大家能够在“转转会”相遇，通过基层作家们的相互交流、名家们指点的“面对面”学习，更好地激发起大家对文学艺术热爱的情怀，更好地提升文学理论水平和创作能力。

这次活动的集中地点安排在“绥阳县十二背

后双河溶洞会议厅（遵义市新时代文艺创作实践基地）”，运用“十二背后”这个贵州文旅“品牌”双向奔赴，自然是影响力倍增，实乃组织者用心之举。而当地党委、政府的高度重视，市县文联、作协团结一心的工作态度，各位文友的积极参与互动，都是必不可少的组成要素，也是活动可以取得成功的必要条件。这次活动是圆满的，大家收获是满满的。

全过程参加“黔北作家文学转转会”，荡漾在心里的，是闲逸、有趣、纯真、热情、亲近……唯独没有的，是“功利”。“功名存于心，则焦虑之情重；利欲留于心，则烦恼之情增。”（老子语）

“心情沾满了花香，日子便有了诗意。”我想说的是，朋友，若是你来“文学转转会”，肯定收获特别多。

原载于《遵义文艺》2024年第2期